人生文丛　林贤治 主编

漂泊人生

萧红 著

SPM 南方传媒 | 花城出版社

中国·广州

图书在版编目（CIP）数据

漂泊人生 / 萧红著. -- 广州 ： 花城出版社，
2024.1
（人生文丛 / 林贤治主编）
ISBN 978-7-5360-9437-6

Ⅰ. ①漂… Ⅱ. ①萧… Ⅲ. ①散文集－中国－现代
Ⅳ. ①I266

中国版本图书馆CIP数据核字(2022)第027600号

出 版 人：张 懿
特邀编辑：余红梅
项目统筹：揭莉琳 邹蔚昀
责任编辑：揭莉琳
责任校对：衣 然
技术编辑：凌春梅
封面绘图：老 树
装帧设计：姚 敏

书　　名　漂泊人生
　　　　　PIAOBO RENSHENG
出版发行　花城出版社
　　　　　（广州市环市东路水荫路 11 号）
经　　销　全国新华书店
印　　刷　佛山市迎高彩印有限公司
　　　　　（佛山市顺德区陈村镇广隆工业区兴业七路 9 号）
开　　本　880 毫米 × 1230 毫米　32 开
印　　张　9.25　2 插页
字　　数　164, 000 字
版　　次　2024 年 1 月第 1 版　2024 年 1 月第 1 次印刷
定　　价　48.00 元

购书热线：020-37604658　37602954
花城出版社网站：http：//www.fcph.com.cn

人生
文丛

看纷纭世态
读各色人生

写在“人生文丛”新版之前

20世纪90年代初，受出版社之邀，编选了“人生文丛”，计二十种。恰逢第四届全国书市在广州举办，这套丛书成了场上的“骄子”，被评为“十大畅销书”之一。此后一段时间，一版再版，受欢迎的程度超乎出版人的预想。其时，坊间腾起一股“散文热”。若果“人生文丛”算不上引燃物的话，至少，它提供的柴薪是增添了不少热量的。

五四开启了一个时代，星汉灿烂，人才辈出。新文学第一代作家的坚实的创作实践，奠定了“艺术为人生”的原则，影响至为深远。“人生文丛”乃从五四后三十年间，遴选有代表性的二十位作家的非虚构作品，也即我们惯称的散文，自然是广义的散文，除了一般的叙事之作，还包括演讲稿，以及带有隐私性质的日记、书信等。这些文字，烙上作者各自的人生印记，不同的思想和艺术个性，真诚、真实、真切，俾普通读者——英国作家伍尔夫郑重地使用了这个词，以它为一本文学评论集命名——借由文学更好地体察社会，思考人生，并从中获得美学的熏陶。

文丛初版时，编者分别使用了一个虚拟的“何氏家族”成员的代名。此次重版，恢复了编者的本名。

由于版权变易，初版时的林语堂、巴金已为丁玲、萧红所代替。单从人生富含的文化价值看，后者的意蕴恐怕更深。同样出于版权关系，未予收入张爱玲，这是可遗憾的。无论读文学，读人生，张爱玲都是不容忽略的。

新版“人生文丛”，对胡适、郭沫若、冰心、丰子恺等作家，各有篇幅不等的增订。私心里，总是期望选本能够尽善尽美，以贡献于广大读者之前，虽然自知这是很艰难的事。

编者

2023年6月

编辑者说

跟古代不同，新文学史上出现了相当数量的一批女作家。其中，萧红是独异的一位，在她的身上，勃发着身为底层女性的创造力，闪耀着一种掩抑不住的天才的光辉。

萧红本名张廼莹，于1911年6月1日出生于黑龙江省呼兰县（今哈尔滨市呼兰区）的一个地主家庭。8岁时母亲去世，10岁念小学，16岁进入哈尔滨东省特别区区立第一女中。为反抗封建婚姻，毕业后即逃至北京，入读北京师大女附中。一年后，迫于家庭压力返回呼兰，遭到软禁。未久，出逃哈尔滨，流落街头；走投无路之际，终与未婚夫汪恩甲同居于东兴顺旅馆。次年，汪恩甲欠下旅馆债务只身逃遁，萧红不得已登报求助，得以结识萧军，脱离险境。是年秋，与萧军同居。“九一八”以后，日本侵占东北，建立伪满洲国。1934年6月，萧红与萧军一起流亡青岛，10月底同赴上海，在此期间认识鲁迅。在鲁迅的帮助下，萧红出版成名作《生死场》，为文坛所瞩目。1937年底，与萧军同赴武汉，参加编辑文艺月刊《七月》。1938年1月，复与萧军北上，应邀任教于山西临汾民族革命大学。4月与萧军分手，携同端木蕻良南下武汉，与之同居。1940年赴香港，不久因肺病入院。这时，太平洋战争爆发，日军攻占香港。1942年1月13日，手术切除喉管，九天后在玛丽医院去世。

萧红在中学时代开始练习写作，1932年发表第一个短篇《王阿嫂的死》，此后以小说家鸣世，著名作品有中篇《生死场》，长篇《呼兰河传》和《马伯乐》。散文集有《商市街》《萧红散文》。逝世后，作品多次重版，另有合编本《萧红选集》《萧红十年集》《萧红全集》等行世。

萧红本质上是一个诗人，内心充满爱，温暖、敏感而多情。而其行为方式、写作方式，则是充分散文化的；自由，散漫，犹如任性的孩子，率真，自然，讨厌教条，反抗规训。她一生过着流浪的生活，而这种生存状态，于她的内心保持着一种震荡，有一种深长的呼应。作为一种文体，散文本来是最适合于萧红的。不过，在她那里很可能无所谓“文体”，只爱自由地表达，所以，小说在她的手中也就变成了长篇散文，两者之间，唯有虚构与非虚构的区别罢了。

她的作品，几乎全数带有自叙传的性质，主观色彩非常浓郁，尤其散文。有几篇述及家世者，如《祖父死了的时候》《永久的憧憬和追求》，可以看出萧红对于亲情的依恋；《家族以外的人》，通篇流露着她对于弱势者、失败者和痛苦者的深切的同情。集子《商市街》，是萧红早期流浪生活的实录。她长期失业，完全陷身于社会底层。如果说“同情”是一种高贵然而多少有点奢侈的带有施舍性质的人类情感的话，那么，这时她已被剥夺了作为“同情者”的资格，而不能不像鲁迅的“热风”一词的意涵那样，自造出一点爱来慰藉自己了。她处于为生活所压榨、所摒弃的边缘，《饿》一篇，便极其细致地呈现了挣扎于其中的可怕的图景。像如此惨淡的人生，在现代作家中是极其罕见的，甚至是绝无仅有的。即使如此，集子中仍然留有因爱而生的一点罗曼蒂克，冷烬中熠熠火星的余温。这就是萧红，独异的萧红。作为短暂一生中的阶段性反映，《商市街》最清楚不过地显示了她，一个不幸的、孤傲的、反抗到底的女作家的质地。

《回忆鲁迅先生》是一篇人物素描。在所有关于鲁迅的回忆录中，萧红的断片式文字是最传神的。在日常生活中表现鲁迅，毫无单调、琐碎之感。全文布满细节，枝杈一般，因作者倾注其挚爱而充满汁液，所谓“风号大树中天立”，仰视之，坚定，傲岸；平视之，则生机勃勃，摇曳多姿。

书中收入部分书简。这些文字，简约而又丰富，直接敞现了萧红的情感世界。《“九一八”致弟弟书》，其中夹杂了国仇家恨，大义私情，写来一气贯注，波翻浪涌，千回百转。对于萧红，无论论人或论文，本篇都是有代表性的。

此外，本书特意编入小说中的两个独立章节，以见萧红的整体作品的散文化风采。虚构，纪实，人物，风景，在萧红这里，都属于生命书写，都是用心一一抚摩过的，其间有那么多的差异，绚丽缤纷，而底色却是鲜明的一致，那就是：爱与自由。

目 录

第一辑

后花园

第二辑

流浪者

第三辑

中心或边缘

第四辑

面影

第五辑

断章

第六辑

书简

第一辑

后花园

可是从祖父那里，知道了人生除掉了冰冷和憎恶而外，还有温暖和爱。

祖父死了的时候

祖父总是有点变样子，他喜欢流起眼泪来，同时过去很重要的事情他也忘掉。比方过去那一些他常讲的故事，现在讲起来，讲了一半下一半他就说："我记不得了。"

某夜，他又病了一次，经过这一次病，他竟说："给你三姑写信，叫她来一趟，我不是四五年没看过她吗？"他叫我写信给我已经死去五年的姑母。

那次离家是很痛苦的。学校来了开学通知信，祖父又一天一天地变样起来。

祖父睡着的时候，我就躺在他的旁边哭，好像祖父已经离开我死去似的，一面哭着一面抬头看他凹陷的嘴唇。我若死掉祖父，就死掉我一生最重要的一个人，好像他死了就把人间一切"爱"和"温暖"带得空空虚虚。我的心被丝线扎住或铁丝绞住了。

我联想到母亲死的时候。母亲死以后，父亲怎样打我，又娶一个新母亲来。这个母亲很客气，不打我，就是骂，也是指着桌子或椅子来骂我。客气是越客气了，但是冷淡了，疏远了，生人一样。

“到院子去玩玩吧！”祖父说了这话之后，在我的头上撞了一下，“喂！你看这是什么？”一个黄金色的桔子落到我的手中。

夜间不敢到茅厕去，我说：“妈妈同我到茅厕去趟吧。”

“我不去！”

“那我害怕呀！”

“怕什么？”

“怕什么？怕鬼怕神？”父亲也说话了，把眼睛从眼镜上面看着我。

冬天，祖父已经睡下，赤着脚，开着钮扣跟我到外面茅厕去。

学校开学，我迟到了四天。三月里，我又回家一次，正在外面叫门，里面小弟弟嚷着：“姐姐回来了！姐姐回来了！”大门开时，我就远远注意着祖父住着的那间房子。果然祖父的面孔和胡子闪现在玻璃窗里。我跳着笑着跑进屋去。但不是高兴，只是心酸，祖父的脸色更惨淡更白了。等屋子里一个人没有时，他流着泪，他慌慌忙忙的一边用袖口擦着眼泪，一边抖动着嘴唇说：“爷爷不行了，不知早晚……前些日子好险没跌……跌死。”

“怎么跌的？”

“就是在后屋，我想去解手，招呼人，也听不见，按电铃也没有人来，就得爬啦。还没爬到后门口，腿颤，心跳，眼前发花了一阵就倒下去。没跌断了腰……人老了，有什么用处！爷爷是八十一岁呢。”

“爷爷是八十一岁。”

“没用了，活了八十一岁还是在地上爬呢！我想你看不着爷爷了，谁知没有跌死，我又慢慢爬到炕上。”

我走的那天也是和我回来那天一样，白色的脸的轮廓闪现在玻璃窗里。

在院心我回头看着祖父的面孔，走到大门口，在大门口我仍可看见，出了大门，就被门扇遮断。

从这一次祖父就与我永远隔绝了。虽然那次和祖父告别，并没说出一个永别的字。我回来看祖父，这回门前吹着喇叭，幡杆挑得比房头更高，马车离家很远的时候，我已看到高高的白色幡杆了，吹鼓手们的喇叭怆凉地在悲号。马车停在喇叭声中，大门前的白幡、白对联、院心的灵棚、闹嚷嚷许多人，吹鼓手们响起呜呜的哀号。

这回祖父不坐在玻璃窗里，是睡在堂屋的板床上，没有灵魂地躺在那里。我要看一看他白色的胡子，可是怎样看呢！拿开他脸上蒙着的纸吧，胡子、眼睛和嘴，都不会动了，他真的一点感觉也没有了？我从祖父的袖管里去摸他的手，手也没有感觉了。祖父这回真死去了啊！

祖父装进棺材去的那天早晨，正是后园里玫瑰花开放满树的时候。我扯着祖父的一张被角，抬向灵前去。吹鼓手在灵前吹着大喇叭。

我怕起来，我号叫起来。

“咣咣！”黑色的，半尺厚的灵柩盖子压上去。

吃饭的时候，我饮了酒，用祖父的酒杯饮的。饭后我跑到后园玫瑰树下去卧倒，园中飞着蜂子和蝴蝶，绿草的清凉的气味，这都和十年前一样。可是十年前死了妈妈。妈妈死后我仍是在园中扑蝴蝶；这回祖父死去，我却饮了酒。

过去的十年我是和父亲打斗着生活。在这期间我觉得人是残酷的东西。父亲对我是没有好面孔的，对于仆人也是没有好面孔的，他对于祖父也是没有好面孔的。因为仆人是穷人，祖父是老人，我是个小孩子，所以我们这些完全没有保障的人就落到他的手里。后来我看到新娶来的母亲也落到他的手里，他喜欢她的时候，便同她说笑，他恼怒时便骂她，母亲渐渐也怕起父亲来。

母亲也不是穷人，也不是老人，也不是孩子，怎么也怕起父亲来呢？我到邻家去看看，邻家的女人也是怕男人。我到舅家去，舅母也是怕舅父。

我懂得的尽是些偏僻的人生，我想世间死了祖父，就没有再同情我的人了，世间死了祖父，剩下的尽是些凶残的人了。

我饮了酒，回想，幻想……

以后我必须不要家，到广大的人群中去，但我在玫瑰树下颤怵了，人群中没有我的祖父。

所以我哭着，整个祖父死的时候我哭着。

感情的碎片

近来觉得眼泪常常充满着眼睛，热的，它们常常会使我的眼圈发烧。然而它们一次也没有滚落下来。有时候它们站到了眼毛的尖端，闪耀着玻璃似的液体，每每在镜子里面看到。

一看到这样的眼睛，又好像回到了母亲死的时候。母亲并不十分爱我，但也总算是母亲。她病了三天，是七月的末梢，许多医生来过了，他们骑着白马，坐着三轮车，但那最高的一个，他用银针在母亲的腿上刺了一下，他说：

“血流则生，不流则亡。”

我确确实实看到那针孔是没有流血，只是母亲的腿上凭空多了一个黑点。医生和别人都退了出去，他们在堂屋里议论着。我背向了母亲，我不再看她腿上的黑点。我站着。

“母亲就要没有了吗？”我想。

大概就是她极短的清醒的时候：

“……你哭了吗？不怕，妈死不了！”

我垂下头去，扯住了衣襟，母亲也哭了。

而后我站到房后摆着花盆的木架旁边去。我从衣袋取出来母亲买给我的小洋刀。

“小洋刀丢了就从此没有了吧？”于是眼泪又来了。

花盆里的金百合映着我的眼睛，小洋刀的闪光映着我的眼睛。眼泪就再没有流落下来，然而那是热的，是发炎的。但那是孩子的时候。

而今则不应该了。

家族以外的人

我蹲在树上，渐渐有点害怕，太阳也落下去了；树叶的声响也唰唰的了；墙外街道上走着的行人也都和影子似的黑丛丛的；院里房屋的门窗变成黑洞了，并且野猫在我旁边的墙头上跑着叫着。

我从树上溜下来，虽然后门是开着的，但我不敢进去，我要看看母亲睡了还是没有睡？还没经过她的窗口，我就听到了席子的声音：

“小死鬼……你还敢回来！”

我折回去，就顺着厢房的墙根又溜走了。

在院心空场上的草丛里边站了一些时候，连自己也没有注意到我是折碎了一些草叶咬在嘴里。白天那些所熟识的虫子，也都停止了鸣叫，在夜里叫的是另外一些虫子，它们的声音沉静，清脆而悠长。那埋着我的蒿草，和我的头顶一平，它们平滑，它们在我的耳边唱着那么微细的歌，使我不能相信倒是听到还是没有听到。

“去吧……去……跳跳攒攒的……谁喜欢你……”

有二伯回来了，那喊狗的声音一直继续到厢房的那面。

我听到有二伯那拍响着的失掉了后跟的鞋子的声音，又听到厢房门扇的响声。

“妈睡了没睡呢？”我推着草叶，走出了草丛。

有二伯住着的厢房，纸窗好像闪着火光似的明亮。我推开门，就站在门口。

“还没睡？”

我说：“没睡。”

他在灶口烧着火，火叉的尖端插着玉米。

“你还没有吃饭？”我问他。

“吃什……么……饭？谁给留饭！”

我说：“我也没吃呢！”

“不吃，怎么不吃？你是家里人哪……”他的脖子比平日喝过酒之后更红，并且那脉管和那正在烧着的小树枝差不多。

“去吧……睡睡……觉去吧！”好像不是对我说似的。

“我也没吃饭呢！”我看着已经开始发黄的玉米。

“不吃饭，干什么来的……”

“我妈打我……”

“打你？为什么打你？”

孩子的心上所感到的温暖是和大人不同的，我要哭了，我看着他嘴角上流下来的笑痕。只有他才是偏着我这方面的人，他比妈妈还好。立刻我后悔起来，我觉得我的手在他身旁抓起一些柴草来，抓得很紧，并且许多时候没有把手松开，我的眼睛不敢再看到他的脸上去，只看到他的腰带的地方和那脚边的火堆。我想说：

“有二伯……再下雨时我不说你‘下雨冒泡，王八戴草帽’啦……”

“你妈打你……我看该打……”

“怎么……”我说，“你看……她不让我吃饭！”

“不让你吃饭……你这孩子也太好去啦……”

“你看，我在树上蹲着，她拿火叉子往下叉我……你看……把胳臂都给叉破皮啦……”我把手里的柴草放下，一只手卷着袖子给他看。

“叉破皮……为啥叉的呢……还有个缘由没有呢？”

“因为拿馒头。”

“还说呢……有出息！我没见过七八岁的姑娘还偷东西……还从家里偷东西往外边送！”他把玉米从叉子上拔下来了。

火堆仍没有灭，他的胡子在玉米上，我看得很清楚是扫来扫去的。

“就拿三个……没多拿……”

“嗯！”把眼睛斜着看我一下，想要说什么但又没有说。只是胡子在玉米上像小刷子似的来往着。

“我也没吃饭呢！”我咬着指甲。

“不吃……你愿意不吃……你是家里人！”好像抛给狗的吃的东西一样，他把半段玉米打在我的脚上。

有一天，我看到母亲的头发在枕头上已经蓬乱起来，我知道她是睡熟了，我就从木格子下面提着鸡蛋筐子跑了。

那些邻居家的孩子就等在后院的空磨房里边。我顺着墙根走了回来的时候，安全，毫没有意外，我轻轻地招呼他们一声，他们就从窗口把篮子提了进去。其中有一个比我们大一些的，叫他小哥哥的，他一看见鸡蛋就抬一抬肩膀，伸一下舌头。小哑巴姑娘，她还为了特殊的得意啊啊了两声。

“嗳！小点声……花姐她妈剥她的皮呀……”

把窗子关了，就在碾盘上开始烧起火来，树枝和干草的烟围蒸腾了起来；老鼠在碾盘底下跑来跑去；风车站在墙角的地方。那大轮子上边盖着蛛网，罗柜旁边余留下来的谷类的粉末，那上面挂着许多种类虫子的皮壳。

“咱们来分分吧……一人几个，自家烧自家的。”

火苗旺盛起来了，伙伴们的脸孔，完全照红了。

“烧吧！放上去吧……一人三个……”

“可是多一个给谁呢？”

“给哑巴吧！”

她接过去，啊啊的。

“小点声，别吵！别把到肚的东西吵靡啦。”

“多吃一个鸡蛋……下回别用手画着骂人啦！啊！哑巴？”

蛋皮开始发黄的时候，我们为着这心上的满足，几乎要冒险叫喊了。

“唉呀！快要吃啦！”

“预备着吧，说熟就熟的……”

“我的鸡蛋比你们的全大……像个大鸭蛋……”

“别叫……别叫。花姐她妈这半天一定睡醒啦……”

窗外有哽哽的声音，我们知道是大白狗在扒着墙皮的泥土。但同时似乎听到母亲的声音。

母亲终于在叫我了！鸡蛋开始爆裂的时候，母亲的喊声在尖利的刺着纸窗了。

等她停止了喊声，我才慢慢从窗子跳出去，我走得很慢，好像没有睡醒的样子。等我站到她面前的那一刻，无论如何再也压制不住那种心跳。

“妈！叫我干什么？”我一定惨白了脸。

“等一会……”她回身去找什么东西的样子。

我想她一定去拿什么东西来打我，我想要逃，但又强制着忍耐了一刻。

“去把这孩子也带去玩……”把小妹妹放在我的怀中。

我几乎要抱不动她了，我流了汗。

“去吧！还站在这干什么……”其实磨房的声音，一点也传不到母亲这里来，她到镜子前面去梳她的头发。

我绕了一个圈子，在磨房的前面，那锁着的门边告诉了他们：

“没有事……不要紧……妈什么也不知道。”

我离开那门前，走了几步，就有一种异样的香味扑了来，并且飘满了院子。等我把小妹妹放在炕上，这种气味就满屋都是了。

“这是谁家炒鸡蛋，炒得这样香……”母亲很高的鼻子在镜子里使我有点害怕。

“不是炒鸡蛋……明明是烧的，哈！这蛋皮味，谁家……呆老婆烧鸡蛋……五里香。”

“许是吴大婶她们家？”我说这话时候，隔着菜园子看到磨房的窗口冒着烟。

等我跑回了磨房，火完全灭了。我站在他们当中，他们几乎是摸着我的头发。

“我妈说谁家烧鸡蛋呢？谁家烧鸡蛋呢？我就告诉她，许是吴大婶她们家。哈！这是吴大婶？这是一群小鬼……”

我们就开朗的笑着。站在碾盘上往下跳着，甚至于多事起来，他们就在磨房里捉耗子。因为我告诉他们，我妈抱着小妹妹出去串门去了。

“什么人啊？”我们知道是有二伯在敲着窗棂。

“要进来，你就爬上来！还招呼什么？”我们之中有人回答他。

起初，他什么也没有看到，他站在窗口，摆着手。后来他说：

“看吧！”他把鼻子用力抽了两下，“一定有点故事……

那来的这种气味？”

他开始爬到窗台上面来，他那短小健康的身子从窗台跳进来时，好像一张磨盘滚了下来似的，土地发着响。他围着磨盘走了两圈。他上唇的红色的小胡为着鼻子时时抽动的缘故，像是一条秋天里毛虫在他的唇上不住的滚动。

“你们烧火吧？看这碾盘上的灰……花子……这又是你领头！我要不告诉你妈的……整天家领一群野孩子来作祸……”他要爬上窗口，可是他看到了那只筐子，“这是什么人提出来的呢？这不是咱家装鸡蛋的吗？花子……你不定又偷了什么东西……你妈没看见！”

他提着筐子走的时候，我们还嘲笑着他的草帽。“像个小瓦盆……像个小水桶……”

但夜里，我是挨打了。我伏在窗台上用舌尖舐着自己的眼泪。

“有二伯……有老虎……什么东西……坏老头子……”我一边哭着一边咒诅着他。

但过不多久，我又把他忘记了，我和许多孩子们一道去抽开了他的腰带，或是用杆子从后面掀掉了他的没有边沿的草帽。我们嘲笑他和嘲笑院心的大白狗一样。

秋末，我们寂寞了一个长久的时间。

那些空房子里充满了冷风和黑暗；长在空场上的蒿草，干败了而倒了下来；房后菜园上的各种秧棵完全挂满了白霜；老榆树在墙根边仍旧随风摇摆它那还没有落完的叶子；天空是发灰色的，云彩也失去了形状，有时带来了雨点，有时又带来了细雪。

我为着一种疲倦，也为着一点新的发现，我登着箱子和柜子，爬上了装旧东西的屋子的棚顶。

那上面，黑暗，有一种不可知的感觉，我摸到了一个小木箱，手捧着它，来到棚顶洞口的地方，借着洞口的光亮，看到木箱是锁着一个发光的小铁锁。我把它在耳边摇了摇，又用手掌拍一拍……那里面咚啷咚啷的响着。

我很失望，因为我打不开这箱子，我又把它送了回去。于是我又往更深和更黑的角落处去探爬。因为我不能站起来走，这黑洞洞的地方一点也不规则，走在上面时时有跌倒的可能。所以在爬着的当儿，手指所触到的东西，可以随时把它们摸一摸。当我摸到了一个小琉璃罐，我又回到了亮光的地方……我该多么高兴，那里面完全是黑枣，我一点也没有再迟疑，就抱着这宝物下来了。脚尖刚接触到那箱子的盖顶，我又和小蛇一样把自己落下去的身子缩了回来，我又在棚顶蹲了好些时候。

我看着有二伯打开了就是我上来的时候登着的那个箱子。我看着他开了很多时候，他用牙齿咬着他手里的那块小东西……他歪着头，咬得咯啦啦的发响，咬了之后放在手里扭着它，而后又把它触到箱子上去试一试。而最后一次那箱子的铜锁发着弹响的时候，我才知道扭着的是一段铁丝。他把帽子脱下来，把那块盘卷的小东西就压在帽顶里面。

他把箱子翻了好几次：红色的椅垫子，蓝色粗布的绣花围裙……女人的绣花鞋子……还有一团滚乱的花色的线，在箱子底上还躺着一只湛黄的铜酒壶。

后来他伸出那布满了筋络的两臂，震撼着那箱子。

我想他可不是把这箱子搬开！搬开我可怎么下去？

他抱起好几次，又放下好几回，我几乎要招呼住他。

等一会，他从身上解下腰带来了，他弯下腰去，把腰带横在地上，一张一张的把椅垫子堆起来，压到腰带上去，而后打着结，椅垫子被束起来了。他喘着呼喘，试着去提一提。

他怎么还不快点出去呢？我想到了哑巴，也想到了别人，好像他们就在我的眼前吃着这东西似的使我得意。

“啊哈……这些……这些都是油乌乌的黑枣……”

我要向他们说的话都已想好了。

同时这些枣在我的眼睛里闪光，并且很滑，又好像已经在我的喉咙里上下的跳着。

他并没有把箱子搬开，他是开始锁着它。他把铜酒壶立在箱子的盖上，而后他出去了。

我把身子用力去拖长，使两个脚掌完全牢牢实实地踏到了箱子，因为过于用力抱着那琉璃罐，胸脯感到了发疼。

有二伯又走来了，他先提起门旁的椅垫子，而后又来拿箱盖上的铜酒壶，等他把铜酒壶压在肚子上面，他才看到墙角站着的是我。

他立刻就笑了，我还从来没有看到过他笑得这样过分，把牙齿完全露在外面，嘴唇像是缺少了一个边。

“你不说么？”他的头顶站着无数很大的汗珠。

“说什么……”

“不说，好孩子……”他拍着我的头顶。

“那么，你让我把这个琉璃罐拿出去？”

“拿吧！”

他一点也没有拦挡我，我另外又在门旁的筐子里抓了五个馒头跑，等母亲说丢了东西的那天我也站到她的旁边去。

我说：“那我也不知道。”

“这可怪啦……明明是锁着……可哪儿来的钥匙呢？”母亲的尖尖的下颚是向着家里的别的人说的。后来那歪脖的年青的厨夫也说：

“哼！这是谁呢？”

我又说：“那我也不知道。”

可是我脑子上走着的，是有二伯怎样用腰带捆了那些椅垫子，怎样把铜酒壶压在肚子上，并且那酒壶就贴着肉的。并且有二伯好像在我的身体里边咬着那铁丝咯唧唧的响着似的。我的耳朵一阵阵的发烧，我把眼睛闭了一会。可是一睁开眼睛，我就向着那敞开的箱子又说：

“那我也不知道。”

后来我竟说出了："那我可没看见。"

等母亲找来一条铁丝，试着怎样可以做成钥匙，她扭了一些时候，那铁丝并没有扭弯。

"不对的……要用牙咬，就这样……咬……再一扭……再一咬……"很危险，舌头若一滑转的时候，就要说了出来。我看见我的手已经在作着式子。

我开始把嘴唇咬得很紧，把手臂放在背后在看着他们。

"这可怪啦……这东西，又不是小东西……怎么能从院子走得出？除非是晚上……可是晚上就是来贼也偷不出去的……"母亲很尖的下颚使我害怕，她说的时候，用手推了推旁边的那张窗子：

"是啊！这东西是从前门走的，你们看……这窗子一夏就没有打开过……你们看……这还是去年秋天糊的窗缝子。"

"别绊脚！过去……"她用手推着我。

她又把这屋子的四边都看了看。

"不信……这东西去路也没有几条……我也能摸到一点边……不信……看着吧……这也不行啦。春天丢了一个铜火锅……说是放忘了地方啦……说是慢慢找，又是……也许借出去啦！哪有那么一回事……早还了输赢账啦……当他家里人看待……还说不拿他当家里人看待，好哇……慢慢把房梁也拆走啦……"

"啊……啊！"那厨夫抓住了自己的围裙，擦着嘴角。那歪了的脖子和一根蜡签似的，好像就要折断下来。

母亲和别人完全走完了时，他还站在那个地方。晚饭的桌上，厨夫问着有二伯：

“都说你不吃羊肉，那么羊肠你吃不吃呢？”

“羊肠也是不能吃。”他看着他自己的饭碗说。

“我说，有二爷，这炒辣椒里边，可就有一段羊肠，我可告诉你！”

“怎么早不说，这……这……这……”他把筷子放下来，他运动着又要红起来的脖颈，把头掉转过去，转得很慢，看起来就和用手去转动一只瓦盆那样迟滞。

“有二是个粗人，一辈子……什么都吃……就……是……不吃……这……羊……身上……的……不戴……羊……皮帽……子……不穿……羊……皮……衣裳……”他一个字一个字平板地说下去：

“下回……”他说，“杨安……你炒什么……不管菜汤里头……若有那羊身上的呀……先告诉我一声……有二不是那嘴馋的人！吃不吃不要紧……就是吃口咸菜……我也不吃那……羊……身……上……的……”

“可是有二爷，我问你一件事……你喝酒用什么酒壶喝呢？非用铜酒壶不可？”杨厨子的下巴举得很高。

“什么酒壶……还不一样……”他又放下了筷子，把旁边的锡酒壶格格的蹲了两下，“这不是吗？……锡酒壶……喝的是酒……酒好……就不在壶上……哼！也不……年轻的时候，就总爱……这个……锡酒壶……把它擦得闪光湛亮……”

“我说有二爷……铜酒壶好不好呢？”

“怎么不好……一擦比什么都亮堂……”

“对了，还是铜酒壶好喔……哈……哈哈……”厨子笑了起来。他笑得在给我装饭的时候，几乎是抢掉了我的饭碗。

母亲把下唇拉长着，她的舌头往外边吹一点风，有几颗饭粒落在我的手上。

“哼？杨安……你笑我……不吃……羊肉，那真是吃不得：比方，我三个月就……没有了娘……羊奶把我长大的……若不是……还活了六十多岁……”

杨安拍着膝盖：“你真算个有良心的人，为人没做过昧良心的事？是不是？我说，有二爷……”

“你们年轻人，不信这话……这都不好……人要知道自家的来路……不好反回头去倒咬一口……人要知恩报恩……说书讲古上都说……比方羊……就是我的娘……不是……不是……我可活六十多岁？”他挺直了背脊，把那盘羊肠炒辣椒用筷子推开了一点。

吃完了饭，他退了出去，手里拿着那没有边沿的草帽。沿着砖路，他走下去了，那泥污的，好像两块腐木头似的……他的脚后跟随着那挂在脚尖上的鞋片在砖路上拖拖着，而那头顶就完全像个小锅似的冒着气。

母亲跟那厨夫在起着高笑。

“铜酒壶……啊哈……还有椅垫子呢……问问他……他知道不知道？”杨厨夫，他的脖子上的那块疤痕，我看也大了一些。

我有点害怕母亲，她的完全露着骨节的手指，把一条很肥的鸡腿，送到嘴上去，撕着，并且还露着牙齿。

又是一回母亲打我，我又跑到树上去。因为树枝完全没有了叶子，母亲向我飞来的小石子差不多每颗都像小钻子似的刺痛着我的全身。

“你再往上爬……再往上爬……拿杆子把你绞下来。”

母亲说着的时候，我觉得抱在胸前的那树干有些颤了，因为我已经爬到了顶梢，差不多就要爬到枝子上去了。

“你这小贴树皮，你这小妖精……我可真就算治不了你……”她就在树下徘徊着……许多工夫没有向我打着石子。

许多天，我没有上树，这感觉很新奇，我向四面望着，觉得只有我才比一切高了一点。街上走着的人，车，附近的房子都在我的下面，就连后街上卖豆芽菜的那家的幌杆，我也和它一般高了。

“小死鬼……你滚下来不滚下来呀……”母亲说着“小死鬼”的时候，就好像叫着我的名字那般平常。

“啊！怎样的？”只要她没有牢牢实实地抓到我，我总不十分怕她。

她一没有留心，我就从树干跑到墙头上去：“啊哈……看我站在什么地方？”

“好孩子啊……要站到老爷庙的旗杆上去啦……”回答着我的，不是母亲，是站在墙外的一个人。

“快下来……墙头不都是踏堆了吗？我去叫你妈来打你。”是有二伯。

“我下不来啦，你看，这不是吗？我妈在树根下等着我……”

“等你干什么？”他从墙下的板门走了进来。

“等着打我！”

“为啥打你？”

“尿了裤子。”

“还说呢……还有脸？七八岁的姑娘……尿裤子……滚下来？墙头踏坏啦！”他好像一只猪在叫唤着。

“把她抓下来……今天我让她认识认识我！”

母亲说着的时候，有二伯就开始卷着裤脚。

我想这是做什么呢？

“好！小花子，你看着……这还无法无天啦呢……你可等着……”

等我看见他真的爬上了那最低级的树叉，我开始要流出眼泪来，喉管感到特别发胀。

"我要……我要说……我要说……"

母亲好像没有听懂我的话，可是有二伯没有再进一步，他就蹲在那很粗的树叉上：

"下来……好孩子……不碍事的，你妈打不着你，快下来，明天吃完早饭二伯领你上公园……省得在家里她们打你……"

他抱着我，从墙头上把我抱到树上，又从树上把我抱下来。

我一边抹着眼泪一边听着他说：

"好孩子……明天咱们上公园。"

第二天早晨，我就等在大门洞里边，可是等到他走过我的时候，他也并不向我说一声："走吧！"我从身后赶了上去，我拉住他的腰带：

"你不说今天领我上公园吗？"

"上什么公园……去玩去吧！去吧……"只看着前面的道路，他并不看着我。昨天说的话好像不是他。

后来我就挂在他的腰带上，他摇着身子，他好像摆着贴在他身上的虫子似的摆脱着我。

"那我要说，我说铜酒壶……"

他向四边看了看，好像是叹着气：

"走吧？绊脚星……"

一路上他也不看我，不管我怎样看中了那商店窗子里摆着的小橡皮人，我也不能多看一会，因为一转眼……他就走远了。等走在公园门外板桥上，我就跑在他的前面。

“到了！到了啊……”我张开了两只胳臂，几乎自己要飞起来那么轻快。

没有叶子的树，公园里面的凉亭，都在我的前面招呼着我。一走进公园去，那跑马戏的锣鼓的声音，就震着我的耳朵，几乎把耳朵震聋了的样子，我有点不辨方向了。我拉着有二伯烟荷包上的小圆葫芦向前走。经过白色布棚的时候，我听到里面喊着：

“怕不怕？”

“不怕。”

“敢不敢？”

“敢哪……”

不知道有二伯要走到什么地方去？

棚棚戏，西洋景……耍猴的……耍熊瞎子的……唱木偶戏的。这一些我们都走过来了，再往那边去，就什么也看不见了。并且地上的落叶也厚了起来，树叶子完全盖着我们在走着的路径。

“有二伯！我们不看跑马戏的？”

我把烟荷包上的小圆葫芦放开，我和他距离开一点，我看着他的脸色：

“那里头有老虎……老虎我看过。我还没有看过大象。人家说这伙马戏班子是有三匹象：一匹大的两匹小的，大的……大的……人家说，那鼻子，就只一根鼻子比咱家烧火的叉子还长……”

他的脸色完全没有变动。我从他的左边跑到他的右边。又从右边跑到左边：

“是不是呢？有二伯，你说是不是……你也没看见过？”

因为我是倒退着走，被一条露在地面上的树根绊倒了。

“好好走！”他也并没有拉我。

我自己起来了。

公园的末角上，有一座茶亭，我想他到这个地方来，他是渴了！但他没有走进茶亭去，在茶亭后边，有和房子差不多，是席子搭起来的小房。

他把我领进去了。那里边黑洞洞的，最里边站着一个人，比画着，还打着什么竹板。有二伯一进门就靠边坐在长板凳上，我就站在他的膝前，我的腿站得麻木了的时候，我也不能懂得那人是在干什么？他还和姑娘似的带着一条辫子，他把腿伸开了一只，像打拳的样子，又缩了回来，又把一只手往外推着……就这样走了一圈，接着又“叭”打了一下竹板。唱戏不像唱戏，耍猴不像耍猴，好像卖膏药的，可是我也看不见有人买膏药。

后来我就不向前边看，而向四面看，一个小孩也没有。前面的板凳一空下来，有二伯就带着我升到前面去，我也坐下来。但我坐不住，我总想看那大象。

“有二伯，咱们看大象去吧，不看这个。”

他说：“别闹，别闹，好好听……”

“听什么，那是什么？”

“他说的是关公斩蔡阳……”

“什么关公哇？”

“关老爷，你没去过关老爷庙吗？”

我想起来了，关老爷庙里，关老爷骑着红色的马。

“对吧！关老爷骑着红色……”

“你听着……”他把我的话截断了。

我听了一会还是不懂，于是我转过身来，面向后坐着。还有一个瞎子，他的每一个眼球上盖着一个白泡。还有一个一条腿的人，手里还拿着木杖。坐在我旁边的人，那人的手包了起来，用一条布带挂到脖子上去。

等我听到“叭叭叭”的响了一阵竹板之后，有二伯还流了几颗眼泪。

我是一定要看大象的，回来的时候再经过白布棚我就站着不动了。

“要看，吃完晌饭再来看……”有二伯离开我慢慢地走着，“回去，回去吃完晌饭再来看。”

“不吗！饭我不吃，我不饿，看了再回去。”我拉住他的烟荷包。

“人家不让进，要买‘票’的，你没看见……那不是把门的人吗？”

“那咱们不好也买‘票’！”

“哪来的钱……买‘票’两个人要好几十吊钱。”

“我看见啦，你有钱，刚才在那棚子里你不是还给那个人钱来吗？”我贴到他的身上去。

“那才给几个铜钱！多啦没有，你二伯多啦没有。”

“我不信，我看有一大堆！”我跷着脚尖，掀开了他的衣襟，把手探进他的衣兜里去。

“是吧！多啦没有吧！你二伯多啦没有，没有进财的道……也就是个月七成的看个小牌，赢两吊……可是输的时候也不少。哼哼。”他看着拿在我手里的五六个铜元。

“信了吧！孩子，你二伯多啦没有……不能有……”一边走下了木桥，他一边说着。

那马戏班子的喊声还是那么热烈的在我们的背后反复着。

有二伯在木桥下那围着一群孩子，抽签子的地方也替我抛上两个铜元去。

我一伸手就在铁丝上拉下一张纸条来，纸条在水碗里面立刻变出一个通红的“五”字。

“是个几？”

“那不明明是个五吗？”我用肘部击撞着他。

“我哪认得呀！你二伯一个字也不识，一天书也没念过。”

回来的路上，我就不断地吃着这五个糖球。

第二次，我看到有二伯偷东西，好像是第二年夏天。因为那马蛇菜的花，开得过于鲜红，院心空场上的蒿草，长得比我的年龄还快，它超过我了。那草场上的蜂子，蜻蜓，还来了一些不知名的小虫，也来了一些特殊的草种，它们还会开着花，淡紫色的，一串一串的，站在草场中，它们还特别的高，所以那花穗和小旗子一样动荡在草场上。

吃完了午饭，我是什么也不做，专等着小朋友们来，可是他们一个也不来。于是我就跑到粮食房子去，因为母亲在清早端了一个方盘走进去过。我想那方盘中……哼……一定是有点什么东西？

母亲把方盘藏得很巧妙，也不把它放在米柜上，也不放在粮食仓子上，她把它用绳子吊在房梁上了。我正在看着那奇怪的方盘的时候，我听到板仓里好像有耗子，也或者墙里面有耗子……总之，我是听到了一点响动……过了一会竟有了喘气的声音，我想不会是黄鼠狼子？我有点害怕，就故意用手拍着板仓，拍了两下，听听就什么也没有了……可是很快又有什么东西在喘气……咝咝的……好像肺管里面起着泡沫。

这次我有点暴躁：

“去！什么东西……”

有二伯的胸部和他红色的脖子从板仓伸出来一段……当时，我疑心我也许是在看着木偶戏！但那顶窗透进来的太阳证明给我，被那金红色液体的东西染着的正是有二伯尖长突出的鼻子……他的胸膛在白色的单衫下面不能够再压制住，好像小波浪似的在雨点里面任意跳着。

他一点声音也没有作，只是站着，站着……他完全和一只受惊的公羊那般愚傻！

我和小朋友们，捉着甲虫，捕着蜻蜓，我们做这种事情，永不会厌倦。野草，野花，野的虫子，它们完全经营在我们的手里，从早晨到黄昏。

假若是个晴好的夜，我就单独留在草丛里边，那里有闪光的甲虫，有虫子低微的吟鸣，有蒿草摇着的夜影。

有时候我竟压倒了蒿草，躺在上面。我爱那天空，我爱那星子……听人说过的海洋，我想也就和这天空差不多了。

晚饭的时候，我抱着一些装满了虫子的盒子，从草丛回来。经过粮食房子的旁边，使我惊奇的是有二伯还站在那里，破了的窗洞口露着他发青的嘴角和灰白的眼圈。

“院子里没有人吗？”好像是生病的人喑哑的喉咙。

“有！我妈在台阶上抽烟。”

“去吧！”

他完全没有笑容，他苍白，那头发好像墙头上跑着的野猫的毛皮。

饭桌上，有二伯的位置，那木凳上蹲着一匹小花狗。它戏耍着的时候，那卷尾巴和那铜铃完全引人可爱。

母亲投了一块肉给它。歪脖的厨子从汤锅里取出一块很大的骨头来……花狗跳到地上去，追了那骨头发了狂，那铜铃暴躁起来……

小妹妹笑得用筷子打着碗边，厨夫拉起围裙来擦着眼睛，母亲却把汤碗倒翻在桌子上了。

“快拿……快拿抹布来，快……流下来啦……”她用手按着嘴，可是总有些饭粒喷出来。

厨夫收拾桌子的时候，就点起煤油灯来。我面向着菜园坐在门槛上，从门道流出来的黄色的灯光当中，砌着我圆圆的头部和肩膀，我时时举动着手，揩着额头的汗水，每揩了一下，那影子也学着我揩了一下。透过我单衫的晚风，像是青蓝色的河水似的清凉……后街，粮米店的胡琴的声音也响了起来，幽远的回音，东边也在叫着，西边也在叫着……日里黄色的花变成白色的了；红色的花，变成黑色的了。

火一样红的马蛇菜的花也变成黑色的了。同时，那盘结着墙根的野马蛇菜的小花，就完全看不见了。

有二伯也许就踏着那些小花走去的，因为他太接近了墙根，我看着他……看着他……他走出了菜园的板门。

他一点也不知道，我从后面跟了上去。因为我觉得奇怪，他偷这东西做什么呢？也不好吃，也不好玩。

我追到了板门，他已经过了桥，奔向着东边的高冈。高冈上的去路，宽宏而明亮。两边排着的门楼在月亮下面，我把它们当成庙堂一般想像。

有二伯的背上那圆圆的小袋子我还看得见的时候，远处，在他的前方，就起着狗叫了。

第三次我看见他偷东西，也许是第四次……但这也就是最后的一次。

他掮了大澡盆从菜园的边上横穿了过去，一些龙头花被他撞掉下来。这次好像他一点也不害怕，那白洋铁的澡盆哐郎哐郎的埋没着他的头部在呻叫。

并且好像大块的白银似的，那闪光照耀得我很害怕，我靠到墙根上去，我几乎是发呆地站着。

我想：母亲抓到了他，是不是会打他呢？同时我又起了一种佩服他的心情："我将来也敢和他这样偷东西吗？"

但我又想：我是不偷这东西的，偷这东西干什么呢？这样大，放到哪里母亲也会捉到的。

但有二伯却顶着它像是故事里银色的大蛇似的走去了。

以后，我就没有看到他再偷过。但我又看到了别样的事情，那更危险，而且又常常发生。比方我在蒿草中正捏住了蜻蜓的尾巴……鼓冬……板墙上有一块大石头似的抛了过来，蜻蜓无疑地是飞了。比方夜里我就不敢再沿着那道板墙去捉蟋蟀，因为不知什么时候有二伯会从墙顶落下来。

丢了澡盆之后，母亲把三道门都下了锁。

所以小朋友们之中，我的蟋蟀捉得最少。因此我就怨恨有二伯：

“你总是跳墙，跳墙……人家蟋蟀都不能捉了！”

“不跳墙……说得好，有谁给开门呢？”他的脖子挺得很直。

“杨厨子开吧……”

“杨……厨子……哼……你们是家里人……支使得动他……你二伯……”

“你不会喊！叫他……叫他听不着，你就不会打门……”我的两只手，向两边摆着。

“哼……打门……”他的眼睛用力往低处看去。

“打门再听不着，你不会用脚踢……”

“踢……锁上啦……踢他干什么！”

“那你就非跳墙不可，是不是？跳也不轻轻跳，跳得那样吓人？”

“怎么轻轻的？”

“像我跳墙的时候，谁也听不着，落下来的时候，是蹲着……两只膀子张开……”我平地就跳了一下给他看。

“小的时候是行啊……老了，不行啦！骨头都硬啦！你二伯比你大六十岁，哪儿还比得了？”

他嘴角流下来一点点的笑来。右手拿抓着烟荷包，左手摸着站在旁边的大白狗的耳朵……狗的舌头舐着他。

可是我总也不相信，怎么骨头还会硬与不硬？骨头不就是骨头吗？猪骨头我也咬不动，羊骨头我也咬不动，怎么我的骨头就和有二伯的骨头不一样？

所以，以后我拾到了骨头，就常常彼此把它们磕一磕。遇到同伴比我大几岁的，或是小一岁的，我都要和他们试试，怎样试呢？撞一撞拳头的骨节，倒是软多少硬多少？但总也觉不出来。若用力些就撞得很痛，第一次来撞的是哑巴——管事的女儿。起先她不肯，我就告诉她：

“你比我小一岁，来试试，人小骨头是软的，看看你软不软？”

当时，她的骨节就红了。我想：她的一定比我软。可是，看看自己的也红了。

有一次，有二伯从板墙上掉下来，他摔破了鼻子。

“哼！没加小心……一只腿下来……一只腿挂在墙上……哼！闹个大头朝下……”

他好像在嘲笑着他自己，并不用衣襟或是什么揩去那血。看起来，在流血的似乎不是他自己的鼻子，他挺着很直的背脊走向厢房去，血条一面走着一面更多的画着他的前襟。已经染了血的手是垂着，而不去按住鼻子。

厨夫歪着脖子站在院心，他说：

“有二爷，你这血真新鲜……我看你多摔两下也不要紧……”

“哼，小伙子，谁也从年轻过过！就不用挖苦……慢慢就有你的啦……”他的嘴还在血条里面笑着。

过一会，有二伯裸着胸脯和肩头，站在厢房门口，鼻子孔塞着两块小东西，他喊着：

“老杨……杨安……有单褂子借给穿穿……明天这件干啦！就把你的脱下来……我那件掉啦膀子。夹的送去做，还没倒出工夫去拿……”他手里抖着那件洗过的衣裳。

“你说什么？”杨安几乎是喊着，“你送去做的夹衣裳还没倒出工夫去拿？有二爷真是忙人！衣服做都做好啦……拿一趟就没有工夫去拿……有二爷真是二爷，将来要用个跟班的啦……”

我爬着梯子，上了厢房的房顶，听着街上是有打架的，上去看看。房顶上的风很大，我打着颤子下来了。有二伯还赤着臂膀站在檐下。那件湿的衣裳在绳子上拍拍的被风吹着。

点灯的时候，我进屋去加了件衣裳，很例外我看到有二伯单独地坐在屋里的饭桌前喝酒，并且更奇怪的是杨厨子给他盛着汤。

“我各自盛吧！你去歇歇吧……”有二伯和杨安争夺着汤盆里的勺子。

我走去看看，酒壶旁边的小碟子里还有两片肉。

有二伯穿着杨安的小黑马褂，腰带几乎是束到胸脯上去。他从来不穿这样小的衣裳，我看他不像个有二伯，像谁呢？也说不出来？他嘴在嚼着东西，鼻子上的小塞还会动着。

本来只有父亲晚上回来的时候，才单独地坐在洋灯下吃饭。在有二伯，就很新奇，所以我站着看了一会。

杨安像个弯腰的瘦甲虫，他跑到客室的门口去……

“快看看……”他歪着脖子，“都说他不吃羊肉……不吃羊肉……肚子太小，怕是胀破了……三大碗羊汤喝完啦……完啦……哈哈哈……”他小声地笑着；做着手势，放下了门帘。

又一次，完全不是羊肉汤……而是牛肉汤……可是当有二伯拿起了勺子，杨安就说：

“羊肉汤……”

他就把勺子放下了，用筷子夹着盘子里的炒茄子，杨安又告诉他：

“羊肝炒茄子。”

他把筷子去洗了洗，他自己到碗橱去拿出了一碟酱咸菜，他还没有拿到桌子上，杨安又说：

“羊……”他说不下去了。

“羊什么呢……”有二伯看着他：

“羊……羊……唔……是咸菜呀……嗯！咸菜里边说干净也不干净……”

“怎么不干净？”

“用切羊肉的刀切的咸菜。”

“我说杨安，你可不能这样……”有二伯离着桌子很远，就把碟子摔了上去，桌面过于光滑，小碟在上面呱呱地跑着，撞在另一个盘子上才停住。

“你杨安……可不用欺生……姓姜的家里没有你……你和我也是一样，是个外棵秧！年轻人好好学……怪模怪样的……将来还要有个后成……”

“呃呀呀！后成！就算绝后一辈子吧……不吃羊肠……麻花铺子炸面鱼，假腥气……不吃羊肠，可吃羊肉……别装扮着啦……”杨安的脖子因为生气直了一点。

“兔羔子……你他妈……阳气什么？”有二伯站起来向前走去。

“有二爷，不要动那样大的气……气大伤身不养家……我说，咱爷俩都是跑腿子……说个笑话……开个心……”厨子嗷嗷地笑着，“哪里有羊肠呢……说着玩……你看你就不得了啦……”

好像站在公园里的石人似的，有二伯站在地心。

“……别的我不生气……闹笑话，也不怕闹……可是我就忌讳这手……这不是好闹笑话的……前年我不知道吃过一回……后来知道啦，病啦半个多月……后来这脖子上生了一块疮算是好啦……吃一回羊肉倒不算什么……就是心里头放不下，就好像背了自己的良心……背良心的事不做……做了那后悔是受不住的，有二不吃羊肉也就是为的这个……”喝了一口冷水之后他还是抽烟。

别人一个一个地开始离开了桌子……

从此有二伯的鼻子常常塞着小塞，后来又说腰痛，后来又说腿痛。他走过院心不像从前那么挺直，有时身子向一边歪着，有时用手拉住自己的腰带……大白狗跟着他前后的跳着的时候，他躲闪着它：

“去吧……去吧！”他把手梢缩在袖子里面，用袖口向后扫摆着。

但，他开始诅骂更小的东西，比方一块砖头打在他的脚上，他就坐下来，用手按住那砖头，好像他疑心那砖头会自己走到他脚上来的一样。若当鸟雀们飞着时，有什么脏污的东西落在他的袖子或是什么地方，他就一面抖掉它，一面对着那已经飞过去的小东西讲着话：

“这东西……啊哈！会找地方，往袖子上掉……你也是个瞎眼睛，掉，就往那个穿绸穿缎的身上掉！往我这掉也是白……穷跑腿子……”

他擦净了袖子，又向他头顶上那块天空看了一会，才重新走路。

板墙下的蟋蟀没有了，有二伯也好像不再跳板墙了。早晨厨子挑水的时候，他就跟着水桶通过板门去，而后向着井沿走，就坐在井沿旁的空着的碾盘上。差不多每天我拿了钥匙放小朋友们进来时，他总是在碾盘上招呼着：

“花子……等一等你二伯……”我看他像鸭子在走路似

的，“你二伯真是不行……眼看着……眼看着孩子们往这面来，可是你二伯就追不上……”

他一进了板门，又坐在门边的木樽上。他的一只脚穿着袜子，另一只的脚趾捆了一段麻绳。他把麻绳抖开，在小布片下面，那肿胀的脚趾上还腐了一小块。好像茄子似的脚趾，他又把它包扎起来。

“今年的运气十分不好……小毛病紧着添……”他取下来咬在嘴上的麻绳。

以后当我放小朋友进来的时候，不是有二伯招呼着我，而是我招呼着他。因为关了门，他再走到门口，给他开门的人也还是我。

在碾盘上不但坐着，他后来就常常睡觉，他睡得就像完全没有了感觉似的，有一个花鸭子伸着脖颈啄着他的脚心，可是他没有醒，他还是把脚伸在原来的地方。碾盘在太阳下闪着光，他像是睡在圆镜子上边。

我们这些孩子们抛着石子和飞着沙土，我们从板门冲出来，跑到井沿上去，因为井沿上有更多的石子。我把我的衣袋装满了它们，我就蹲在碾盘后和他们作战，石子在碾盘上“叭”，“叭”，好像还冒着一道烟。

有二伯闭着眼睛忽然抓了他的烟袋：

“王八蛋，干什么……还敢来……还敢上……”

他打着他的左边和右边，等我们都集拢来看他的时候，他才坐起来。

“……妈的……做了一个梦……那条道上的狗真多……连小狗崽也上来啦……让我几烟袋锅子就全敲打了回去……”他揉一揉手骨节，嘴角上流下笑来，“妈的……真是那么个滋味……做梦狗咬啦呢……醒啦还有点疼……”明明是我们打来的石子，他说是小狗崽，我们都为这事吃惊而得意。跑开了，好像散开的鸡群，吵叫着，展着翅膀。

他打着呵欠：“呵……呵呵……”在我们背后像小驴子似的叫着。

我们回头看他，他和要吞食什么一样，向着太阳张着嘴。

那下着毛毛雨的早晨，有二伯就坐到碾盘上去了。杨安担着水桶从板门来来往往地走了好几回……杨安锁着板门的时候，他就说：

“有二爷子这几天可真变样……那神气，我看几天就得进庙啦……”

我从板缝往西边看看，看不清是有二伯，好像小草堆似的，在雨里边浇着。

“有二伯，吃饭了！”我试着喊了一声。

回答我的，只是我自己的回响：“呜呜”的在我的背后传来。

“有二伯，吃饭啦！”这次把嘴唇对准了板缝。

可是回答我的又是“呜呜”。

下雨的天气永远和夜晚一样，到处好像空瓶子似的，随时被吹着随时发着响。

“不用理他……”母亲在开窗子，“他是找死……你爸爸这几天就想收拾他呢……”

我知道这“收拾”是什么意思：打孩子们叫“打”，打大人就叫“收拾”。

我看到一次，因为看纸牌的事情，有二伯被管事的“收拾”了一回。可是父亲，我还没有看见过，母亲向杨厨子说：

“这几年来，他爸爸不屑理他……总也没在他身上动过手……可是他的骄毛越长越长……贱骨头，非得收拾不可……若不然……他就不自在。”

母亲越说“收拾”我就越有点害怕，在什么地方“收拾”呢？在院心，管事的那回可不是在院心，是在厢房的炕上。那么这回也要在厢房里！是不是要拿着烧火的叉子？那回管事的可是拿着。我又想起来小哑巴，小哑巴让他们踏了一脚，手指差一点没有踏断。直到现在那小手指还不是弯着吗？

有二伯一面敲着门一面说着：

“大白……大白……你是没心肝的……你早晚……”等大白狗从板墙跳出去，他又说，“去！……去！……”

“开门！没有人吗？”

我要跑去的时候，母亲按住了我的头顶：“不用你显勤快！让他站一会吧，不是吃他饭长的……”

那声音越来越大了，真是好像用脚踢着。

“没有人吗？”每个字的声音完全喊得一平。

“人倒是有，倒不是侍候你的……你这份老爷子不中用……”母亲的说话，不知有二伯听到没有听到？

但那板门暴乱起来：

“死绝了吗？人都死绝啦……”

“你可不用假装疯魔！……有二，你骂谁呀……对不住你吗？”母亲在厨房里叫着，“你的后半辈吃谁的饭来的……你想想，睡不着觉思量思量……有骨头，别吃人家的饭？讨饭吃，还嫌酸……”

并没有回答的声音，板墙隆隆的响着，等我们看到他，他已经是站在墙这边了。

“我……我说……四妹子……你二哥说的是杨安，家里人……我是不说的……你二哥，没能耐不是假的，可是吃这碗饭，你可也不用委曲……”我奇怪要打架的时候，他还笑着，“有四兄弟在……算账咱们和四兄弟算……”

“四兄弟……四兄弟屑得跟你算……”母亲向后推着我。

“不屑得跟你二哥算……哼！哪天咱们就算算看……哪天四兄弟不上学堂……咱们就算算看……”他哼哼的，好像水洗过的小瓦盆似的；没有边沿的草帽切着他的前额。

他走过的院心上，一个一个的留下了泥窝。

“这死鬼……也不死……脚烂啦，还一样会跳墙……”母亲像是故意让他听到。

“我说四妹子……你们说的是你二哥……哼哼……你们能说出口来？我死……人不好那样，谁都是爹娘养的，吃饭长的……”他拉开了厢房的门扇，就和拉着一片石头似的那样用力，但他并不走进去，“你二哥，在你家住了三十多年……哪一点对不住你们；拍拍良心……一根草棍也没给你们糟踏过……唉……四妹子……这年头……没处说去……没处说去……人心看不见……”

我拿着满手的柿子，在院心笑着跳着跑到厢房去。有二伯在烤着一个温暖的火堆，他坐得那么刚直，和门旁那只空着的大坛子一样。

“滚……鬼头鬼脑的……干什么事？你们家里头尽是些耗子。”我站在门口还没有进去，他就这样的骂着我。

我想：可真是，不怪杨厨子说，有二伯真有点变了。他骂人也骂得那么奇怪，尽是些我不懂的话，“耗子”，“耗子”与我有什么关系！说它干什么？

我还是站在门边，他又说：

“王八羔子……兔羔子……穷命……狗命……不是人……在人里头缺点什么……”他说的是一套一套的，我一点也记不住。

我也学着他，把鞋脱下来，两个鞋底相对起来，坐在下面。

"这你孩子……人家什么样，你也什么样！看着葫芦就画瓢……那好的……新新的鞋子就坐……"他的眼睛就像坛子上没有烧好的小坑似的向着我。

"那你怎么坐呢！"我把手伸到火上去。

"你二伯坐……你看看你二伯这鞋……坐不坐都是一样，不能要啦！穿啦它二年整。"他把鞋从身下抽出来，向着火看了许多工夫。他忽然又生起气来……

"你们……这都是天堂的呀……你二伯像你那大……没穿过鞋……哪来的鞋呢？放猪去，拿着个小鞭子就走……一天跟着太阳出去……又跟着太阳回来……带着两个饭团就算是晌饭……你看看你们……馒头干粮，满院子滚！我若一扫院子就准能捡着几个……你二伯小时候连馒头边都……都摸不着哇！如今……连大白狗都不去吃啦……"

他的这些话若不去打断他，他就会永久说下去：从幼小说到长大，再说到锅台上的瓦盆……再从瓦盆回到他幼年吃过的那个饭团上去。我知道他又是这一套，很使我起反感，我讨厌他，我就把红柿子放在火上去烧着，看一看烧熟是个什么样？

"去去……哪有你这样的孩子呢？人家烘点火暖暖……你也必得弄灭它……去，上一边去烧去……"他看着火堆喊着。

我穿上鞋就跑了，房门是开着，所以那骂的声音很大：

"鬼头鬼脑的，干些什么事？你们家里……尽是些耗子……"

有二伯和后园里的老茄子一样，是灰白了，然而老茄子一天比一天静默下去，好像完全任凭了命运。可是有二伯从东墙骂到西墙，从扫地的扫帚骂到水桶……而后他骂着他自己的草帽……

“……王八蛋……这是什么东西……去你的吧……没有人心！夏不遮凉冬不抗寒……”

后来他还是把草帽戴上，跟着杨厨子的水桶走到井沿上去，他并不坐到石碾上，跟着水桶又回来了。

“王八蛋……你还算个牲口……你黑心粒……”他看看墙根的猪说。

他一转身又看到了一群鸭子：

“哪天都杀了你们……一天到晚呱呱的……他妈的若是个人，也是个闲人。都杀了你们……别享福……吃得溜溜胖……溜溜肥……”

后园里的葵花子，完全成熟了，那过重的头柄几乎折断了它自己的身子。玉米有的只带了叶子站在那里，有的还挂着稀少的玉米棒。黄瓜老在架上了，赫黄色的，麻裂了皮，有的束上了红色的带子，母亲规定了它们：来年作为种子。葵花子也是一样，在它们的颈间也有的是挂了红布条。只有已经发了灰白的老茄子还都自由的吊在枝棵上，因为它们的里面，完全是黑色的子粒，孩子们既然不吃它，厨子也总不采它。

只有红柿子，红得更快，一个跟着一个，一堆跟着一堆。

好像捣衣裳的声音，从四面八方传来了一样。

有二伯在一个清凉的早晨，和那捣衣裳的声音一道倒在院心了。

我们这些孩子们围绕着他，邻人们也围绕着他。但当他爬起来的时候，邻人们又都向他让开了路。

他跑过去，又倒下来了。父亲好像什么也没做，只在有二伯的头上拍了一下。

照这样做了好几次，有二伯只是和一条卷虫似的滚着。

父亲却和一部机器似的那么灵巧。他读书看报时的眼镜也还戴着，他叉着腿，有二伯来了的时候，我看见他的白绸衫的襟角很和谐的抖了一下。

“有二……你这小子混蛋……一天到晚，你骂什么……有吃有喝，你还要挣命……你个祖宗的！”

有二伯什么声音也没有。倒了的时候，他想法子爬起来，爬起来他就向前走着，走到父亲的地方他又倒了下来。

等他再倒了下来的时候，邻人们也不去围绕着他。母亲始终是站在台阶上。杨安在柴堆旁边，胸前立着竹帚……邻家的老祖母在板门外被风吹着她头上的蓝色的花。还有管事的……还有小哑巴……还有我不认识的人，他们都靠到墙根上去。

到后来有二伯枕着他自己的血，不再起来了，脚趾上扎着的那块麻绳脱落在旁边，烟荷包上的小圆葫芦，只留了一些片沫在他的左近。鸡叫着，但是跑得那么远……只有鸭子来啄食那地上的血液。

我看到一个绿头顶的鸭子和一个花脖子的。

冬天一来了的时候，那榆树的叶子，连一棵也不能够存在，因为是一棵孤树，所有从四面来的风，都摇得到它。所以每夜听着火炉盖上茶壶咝咝的声音的时候，我就从后窗看着那棵大树，白的，穿起了鹅毛似的……连那顶小的枝子也胖了一些。太阳来了的时候，榆树也会闪光，和闪光的房顶，闪光的地面一样。

起初，我们是玩着堆雪人，后来就厌倦了，改为拖狗爬犁了，大白狗的脖子上每天束着绳子，杨安给我们做起来的爬犁。起初，大白狗完全不走正路，它往狗窝里面跑，往厨房里面跑。我们打着它，终于使它习惯下来，但也常兜着圈子，把我们全数扣在雪地上。它每这样做了一次，我们就一天不许它吃东西，嘴上给它挂了笼头。

但这它又受不惯，总是闹着，叫着……用腿抓着雪地，所以我们把它束到马桩子上。

不知为什么？有二伯把它解了下来，他的手又颤颤得那么厉害。

而后他把狗牵到厢房里去，好像牵着一匹小马一样……

过了一会出来了，白狗的背上压着不少东西：草帽顶，铜水壶，豆油灯碗，方枕头，团蒲扇……小圆筐……好像一辆搬家的小车。

有二伯则挟着他的棉被。

“二伯！你要回家吗？”

他总常说“走走”。我想“走”就是回家的意思。

“你二伯……嗯……”那被子流下来的棉花一块一块的沾污了雪地，黑灰似的在雪地上滚着。

还没走到板门，白狗就停下了，并且打着，他有些牵不住它了。

“你不走吗？你……大白……”

我取来钥匙给他开了门。

在井沿的地方，狗背上的东西，就全都弄翻了。在石碾上摆着小圆筐和铜水壶这一切。

“有二伯……你回家吗？”若是不回家为什么带着这些东西呢！

“嗯……你二伯……”

白狗跑得很远的了。

“这儿不是你二伯的家，你二伯别处也没有家。”

“来……”他招呼着大白狗，“不让你背东西……就来吧……”

他好像要去抱那狗似的张开了两臂。

“我要等到开春……就不行……”他拿起了铜水壶和别的一切。

我想他是一定要走了。

我看着远处白雪里边的大门。

但他转回身去，又向着板门走了回去，他走动的时候，好像肩上担着水桶的人一样，东边摇着，西边摇着。

“二伯，你是忘下了什么东西？”

但回答着我的只有水壶盖上的铜环……咯铃铃咯铃铃……

他是去牵大白狗吧？对这件事我很感到趣味，所以我抛弃了小朋友们，跟在有二伯的背后。

走到厢房门口，他就进去了，戴着笼头的白狗，他像没有看见它。

他是忘下了什么东西？

但他什么也不去拿，坐在炕沿上，那所有的全套的零碎完全照样在背上和胸上压着他。

他开始说话的时候，连自己也不能知道我是已经向着他的旁边走去。

“花子！你关上门……来……”他按着从身上退下来的东西……“你来看看！”

我看到的是些什么呢？

掀起席子来，他抓了一把：

“就是这个……”而后他把谷粒抛到地上，“这不明明是往外撵我吗……腰疼……腿疼没有人看见……这炕暖倒记住啦！说是没有米吃，这谷子又潮湿……垫在这席下炀几天……十几天啦……一寸多厚……烧点火还能热上来……嗳！……想是等到开春……这衣裳不抗风……”

他拿起扫帚来，扫着窗棂上的霜雪，又扫着墙壁：

“这是些什么？吃糖可就不用花钱？”

随后他烧起火来，柴草就着在灶口外边，他的胡子上小白冰溜变成了水，而我的眼睛流着泪……那烟遮没了他和我。

他说他七岁上被狼咬了一口，八岁上被驴子踢掉一个脚趾……我问他：

“老虎，真的，山上的你看见过吗？”

他说：“那倒没有。”

我又问他：

“大象你看见过吗？”

而他就不说到这上面来。他说他放牛放了几年，放猪放了几年……

“你二伯三个月没有娘……六个月没有爹……在叔叔家里住到整整七岁，就像你这么大……”

“像我这么大怎么的呢？”他不说到狼和虎我就不愿意听。

“像你那么大就给人家放猪去啦吧……”

“狼咬你就是像我那么大咬的？咬完啦，你还敢再上山不敢啦……”

“不敢，哼……在自家里是孩子……在别人就当大人看……不敢……不敢……回家去……你二伯也是怕呀……为此哭过一些……好打也挨过一些……”

我再问他：“狼就咬过一回？”

他就不说狼，而说一些别的：又是那年他给人家当过喂马的……又是我爷爷怎么把他领到家里来的……又是什么五月里樱桃开花啦……又是：“你二伯前些年也想给你娶个二大娘……”

我知道他又是从前那一套，我冲开了门站在院心去了。被烟所伤痛的眼睛什么也不能看了，只是流着泪……

但有二伯摊在火堆旁边，幽幽地起着哭声……

我走向上房去了，太阳晒着我，还有别的白色的闪光，它们都来包围了我；或是在前面迎接着，或是从后面追赶着我站在台阶上。向四面看看，那么多纯白而闪光的房顶！那么多闪光的树枝！它们好像白石雕成的珊瑚树似的站在一些房子中间。

有二伯的哭声高了的时候，我就对着这眼前的一切更爱：它们多么接近，比方雪地是踏在我的脚下，那些房顶和树枝就是我的邻家，太阳虽然远一点，然而也来照在我的头上。

春天，我进了附近的小学校。

有二伯从此也就不见了。

一九三六年九月四日，东京

永久的憧憬和追求

一九一一年，在一个小县城里边，我生在一个小地主的家里。那县城差不多就是中国的最东最北部——黑龙江省——所以一年之中，倒有四个月飘着白雪。

父亲常常为着贪婪而失掉了人性。他对待仆人，对待自己的儿女，以及对待我的祖父都是同样的吝啬而疏远，甚至于无情。

有一次，为着房客租金的事情，父亲把房客的全套的马车赶了过来。房客的家属们哭着诉说着，向我的祖父跪了下来，于是祖父把两匹棕色的马从车上解下来还了回去。

为着两匹马，父亲向祖父起着终夜的争吵。“两匹马，咱们是算不了什么的，穷人，这两匹马就是命根。”祖父这样说着，而父亲还是争吵。

九岁时，母亲死去。父亲也就更变了样，偶然打碎了一只杯子，他就要骂到使人发抖的程度。后来就连父亲的眼睛也转了弯，每从他的身边经过，我就像自己的身上生了针刺一样；他斜视着你，他那高傲的眼光从鼻梁经过嘴角而后往下流着。

所以每每在大雪中的黄昏里，围着暖炉，围着祖父，听着祖父读着诗篇，看着祖父读着诗篇时微红的嘴唇。

父亲打了我的时候，我就在祖父的房里，一直向着窗子，从黄昏到深夜——窗外的白雪，好像白棉一样飘着；而暖炉上水壶的盖子，则像伴奏的乐器似的振动着。

祖父时时把多纹的两手放在我的肩上，而后又放在我的头上，我的耳边便响着这样的声音：

“快快长吧！长大就好了。”

二十岁那年，我就逃出了父亲的家庭。直到现在还是过着流浪的生活。

“长大”是“长大”了，而没有“好”。

可是从祖父那里，知道了人生除掉了冰冷和憎恶而外，还有温暖和爱。

所以我就向这“温暖”和“爱”的方面，怀着永久的憧憬和追求。

一九三六年十二月十二日

第二辑

流浪者

我的衣襟被风拍着作响，我冷了，我孤孤独独的好像站在无人的山顶。

初　冬

初冬，我走在清凉的街道上，遇见了我的弟弟。

“莹姐，你走到哪里去？”

“随便走走吧！”

“我们去吃一杯咖啡，好不好，莹姐。”

咖啡店的窗子在帘幕下挂着苍白的霜层。我把领口脱着毛的外衣搭在衣架上。

我们开始搅着杯子铃啷地响了。

“天冷了吧！并且也太孤寂了，你还是回家的好。”弟弟的眼睛是深黑色的。

我摇了摇头，我说：“你们学校的篮球队近来怎么样？还活跃吗？你还很热心吗？”

“我掷筐掷得更进步，可惜你总也没到我们球场上来了。你这样不畅快是不行的。”

我仍搅着杯子，也许飘流久了的心情，就和离了岸的海水一般，若非遇到大风是不会翻起的。我开始弄着手帕。弟弟再向我说什么我已不去听清他，仿佛自己是沉坠在深远的幻想的井里。

我不记得咖啡怎样被我吃干了杯了。茶匙在搅着空的杯子时，弟弟说："再来一杯吧！"

女侍者带着欢笑一般飞起的头发来到我们桌边，她又用很响亮的脚步摇摇地走了去。

也许因为清早或天寒，再没有人走进这咖啡店。在弟弟默默看着我的时候，在我的思想凝静得玻璃一般平的时候，壁间暖气管小小嘶鸣的声音都听得到了。

"天冷了，还是回家好，心情这样不畅快，长久了是无益的。"

"怎么！"

"太坏的心情与你有什么好处呢？"

"为什么要说我的心情不好呢？"

我们又都搅着杯子。有外国人走进来，那响着嗓子的、嘴不住在说的女人，就坐在我们的近边。她离得我越近，我越嗅到她满衣的香气，那使我感到她离得我更辽远，也感到全人类离得我更辽远。也许她那安闲而幸福的态度与我一点联系也没有。

我们搅着杯子，杯子不能像起初搅得发响了。街车好像渐渐多了起来，闪在窗子上的人影，迅速而且繁多了。隔着窗子，可以听到喑哑的笑声和喑哑的踏在行人道上的鞋子的声音。

"莹姐，"弟弟的眼睛是深黑色的，"天冷了，再不能飘流下去，回家去吧！”弟弟说：“你的头发这样长了，怎么不到理发店去一次呢？”我不知道为什么被他这话所激动了。

也许要熄灭的灯火在我心中复燃起来，热力和光明鼓荡着我：

“那样的家我是不想回去的。”

“那么飘流着，就这样飘流着？”弟弟的眼睛是深黑色的。他的杯子留在左手里边，另一只手在桌面上，手心向上翻张了开来，要在空间摸索着什么似的。最后，他是捉住自己的领巾。我看着他在抖动的嘴唇：“莹姐，我真耽心你这个女浪人！”他牙齿好像更白了些，更大些，而且有力了，而且充满热情了。为热情而波动，他的嘴唇是那样的退去了颜色。并且他的全人有些近乎狂人，然而安静，完全被热情侵占着。

出了咖啡店，我们在结着薄碎的冰雪上面踏着脚。

初冬，早晨的红日扑着我们的头发，这样的红光使我感到欣快和寂寞。弟弟不住地在手下摇着帽子，肩头耸起了又落下了；心脏也是高了又低了。

渺小的同情者和被同情者离开了市街。

停在一个荒败的枣树园的前面时，他突然把很厚的手伸给了我，这是我们要告别了。

“我到学校去上课！”他脱开我的手，向着我相反的方向背转过去。可是走了几步，又转回来：

“莹姐，我看你还是回家的好！”

“那样的家我是不能回去的，我不愿意受和我站在两极端的父亲的豢养……”

“那么你要钱用吗？”

“不要的。”

“那么，你就这个样子吗？你瘦了！你快要生病了！你的衣服也太薄啊！”弟弟的眼睛是深黑色的，充满着祈祷和愿望。我们又握过手，分别向不同的方向走去。

太阳在我的脸面上闪闪耀耀。仍和未遇见弟弟以前一样，我穿着街头，我无目的地走。寒风，刺着喉头，时时要发作小小的咳嗽。

弟弟留给我的是深黑色的眼睛，这在我散漫与孤独的流荡人的心板上，怎能不微温了一个时刻？

一九三五年初冬

欧罗巴旅馆

楼梯是那样长，好像让我顺着一条小道爬上天顶。其实只是三层楼，也实在无力了。手扶着楼栏，努力拔着两条颤颤的，不属于我的腿，升上几步，手也开始和腿一般颤。

等我走进那个房间的时候，和受辱的孩子似的偎上床去，用袖口慢慢擦着脸。他——郎华，我的情人，那时候他还是我的情人，他问我："你哭了吗？"

"为什么哭呢？我擦的是汗呀，不是眼泪呀！"

不知是几分钟过后，我才发现这个房间是如此的白，棚顶是斜坡的棚顶，除了一张床，地下有一张桌子，一张藤椅。离开床沿用不到两步可以摸到桌子和椅子。开门时，那更方便，一张门扇躺在床上可以打开。住在这白色的小室，我好像住在幔帐中一般。我口渴，我说："我应该喝一点水吧！"

他要为我倒水时，他非常着慌，两条眉毛好像要连接起来，在鼻子的上端扭动了好几下："怎样喝呢？用什么喝？"

桌子上除了一块洁白的桌布，干净得连灰尘都不存在。

我有点昏迷，躺在床上听他和茶房在过道说了些时，又听到门响，他来到床边。我想他一定举着杯子在床边，却不，他的手两面却分张着：

“用什么喝？可以吧？用脸盆来喝吧！”

他去拿藤椅上放着才带来的脸盆时，毛巾下面的刷牙缸被他发现，于是拿着刷牙缸走去。

旅馆的过道是那样寂静，我听他踏着地板来了。

正在喝着水，一只手指抵在白床单上，我用发颤的手指抚来抚去。他说：

“你躺下吧！太累了。”

我躺下也是用手指抚来抚去，床单有突起的花纹，并且白得有些闪我的眼睛，心想：不错的，自己正是没有床单。我心想的话他却说出了！

“我想我们是要睡空床板的，现在连枕头都有。”说着，他拍打我枕在头下的枕头。

“咯咯——”有人打门，进来一个高大的俄国女茶房，身后又进来一个中国茶房：

“也租铺盖吗？”

“租的。”

“五角钱一天。”

“不租。”“不租。”我也说不租，郎华也说不租。

那女人动手去收拾：软枕，床单，就连桌布她也从桌子扯下去。床单夹在她的腋下，一切都夹在她腋下。一秒钟，这洁白的小室跟随她花色的包头巾一同消失去。

我虽然是腿颤，虽然肚子饿得那样空，我也要站起来，打开柳条箱去拿自己的被子。

小室被劫了一样，床上一张肿胀的草褥赤现在那里，破木桌一些黑点和白圈显露出来，大藤椅也好像跟着变了颜色。

晚饭以前，我们就在草褥上吻着抱着过的。

晚饭就在桌子上摆着，黑“列巴”[1]和白盐。

晚饭以后，事件就开始了：

开门进来三四个人，黑衣裳，挂着枪，挂着刀。进来先拿住郎华的两臂，他正赤着胸膛在洗脸，两手还是湿着。他们那些人，把箱子弄开，翻扬了一阵：

“旅馆报告你带枪，没带吗？”那个挂刀的人问。随后那人在床下扒得了一个长纸卷，里面卷的是一支剑。他打开，抖着剑柄的红穗头：

“你哪里来的这个？”

停在门口那个去报告的俄国管事，挥着手，急得涨红了脸。

警察要带郎华到局子里去。他也预备跟他们去，嘴里不住地说：“为什么单独用这种方式检查我？妨碍我？”

最后警察温和下来，他的两臂被放开，可是他忘记了穿衣裳，他湿水的手也干了。

---

① “列巴”，俄语，指面包。——编者注

原因日间那白俄来取房钱，一日两元，一月六十元。我们只有五元钱。马车钱来时去掉五角。那白俄说：

“你的房钱，给！”他好像知道我们没有钱似的，他好像是很着忙，怕是我们跑走一样。他拿到手中两元票子又说：“六十元一月，明天给！”原来包租一月三十元，为了松花江涨水才有这样的房价。如此，他摇手瞪眼地说：“你的明天搬走，你的明天走！”

郎华说：“不走，不走……”

“不走不行，我是经理。”

郎华从床下取出剑来，指着白俄：

“你快给我走开，不然，我宰了你。”

他慌张着跑出去了，去报告警察，说我们带着凶器，其实剑裹在纸里，那人以为是大枪，而不知是一支剑。

结果警察带剑走了，他说：“日本宪兵若是发现你有剑，那你非吃亏不可，了不得的，说你是大刀会。我替你寄存一夜，明天你来取。”

警察走了以后，闭了灯，锁上门，街灯的光亮从小窗口跑下来，凄凄淡淡的，我们睡了。在睡中不住想：警察是中国人，倒比日本宪兵强得多啊！

天明了，是第二天，从朋友处被逐出来是第二天了。

雪天

我直直是睡了一整天，这使我不能再睡。小屋子渐渐从灰色变作黑色。

睡得背很痛，肩也很痛，并且也饿了。我下床开了灯，在床沿坐了坐，到椅子上坐了坐，扒一扒头发，揉揉两下眼睛，心中感到幽长和无底，好像把我放下一个煤洞去，并且没有灯笼，使我一个人走沉下去。屋子虽然小，在我觉得和一个荒凉的广场样，屋子墙壁离我比天还远，那是说一切不和我发生关系；那是说我的肚子太空了！

一切街车街声在小窗外闹着。可是三层楼的过道非常寂静。每走过一个人，我留意他的脚步声，那是非常响亮的，硬底皮鞋踏过去，女人的高跟鞋更响亮而且焦急，有时成群的响声，男男女女穿插着过了一阵。我听遍了过道上一切引诱我的声音，可是不用开门看，我知道郎华还没回来。

小窗那样高，囚犯住的屋子一般，我仰起头来，看见那一些纷飞的雪花从天空忙乱地跌落，有的也打在玻璃窗片上，即刻就消融了，变成水珠滚动爬行着，玻璃窗被它画成没有意义、无组织的条纹。

我想：雪花为什么要翩飞呢？多么没有意思！忽然我又想：我不也是和雪花一般没有意义吗？坐在椅子里，两手空着，什么也不做；口张着，可是什么也不吃。我十分和一架完全停止了的机器相像。

过道一响，我的心就非常跳，那该不是郎华的脚步？一种穿软底鞋的声音，嚓嚓来近门口，我仿佛是跳起来，我心害怕：他冻得可怜了吧？他没有带回面包来吧？

开门看时，茶房站在那里：

“包夜饭吗？”

“多少钱？”

“每份六角。包月十五元。”

“……”我一点都不迟疑地摇着头，怕是他把饭送进来强迫我吃似的，怕他强迫向我要钱似的。茶房走出，门又严肃地关起来。一切别的房中的笑声，饭菜的香气都断绝了，就这样用一道门，我与人间隔离着。

一直到郎华回来，他的胶皮底鞋擦在门槛，我才止住幻想。茶房手上的托盘，盛着肉饼、炸黄的蕃薯、切成大片有弹力的面包……

郎华的夹衣上那样湿了，已湿的裤管拖着泥。鞋底通了孔，使得袜子也湿了。

他上床暖一暖，脚伸在被子外面，我给他用一张破布擦着脚上冰凉的黑圈。

当他问我时，他和呆人一般，直直的腰也不弯：

“饿了吧？”

我几乎是哭了。我说：“不饿。”为了低头，我的脸几乎接触到他冰凉的脚掌。

他的衣服完全湿透，所以我到马路旁去买馒头。就在光身的木桌上，刷牙缸冒着气，刷牙缸伴着我们把馒头吃完。馒头既然吃完，桌上的铜板也要被吃掉似的。他问我：

“够不够？”

我说：“够了。”我问他：“够不够？”

他也说：“够了。”

隔壁的手风琴唱起来，它唱的是生活的痛苦吗？手风琴凄凄凉地唱呀！

登上桌子，把小窗打开。这小窗是通过人间的孔道：楼顶，烟囱，飞着雪沉重而浓黑的天空，路灯，警察，街车，小贩，乞丐，一切显现在这小孔道，繁繁忙忙的市街发着响。

隔壁的手风琴在我们耳里不存在了。

饿

“列巴圈”挂在过道别人的门上，过道好像还没有天明，可是电灯已经熄了。夜间遗留下来睡朦朦的气息充塞在过道，茶房气喘着，抹着地板。我不愿醒得太早，可是已经醒了，同时再不能睡去。

厕所房的电灯仍开着，和夜间一般昏黄，好像黎明还没有到来，可是“列巴圈”已经挂上别人家的门了！有的牛奶瓶也规规矩矩地等在别的房间外。只要一醒来，就可以随便吃喝。但，这都只限于别人，是别人的事，与自己无关。

扭开了灯，郎华睡在床上，他睡得很恬静，连呼吸也不震动空气一下。听一听过道连一个人也没走动。全旅馆的三层楼都在睡中，越这样静越引诱我，我的那种想头越坚决。过道尚没有一点声息，过道越静越引诱我，我的那种想头越想越充胀我：去拿吧！正是时候，即使是偷，那就偷吧！

轻轻扭动钥匙，门一点响动也没有。探头看了看，“列巴圈”对门就挂着，东隔壁也挂着，西隔壁也挂着。天快亮了！牛奶瓶的乳白色看得真真切切，“列巴圈”比每天也大了些，结果什么也没有去拿，我心里发烧，耳朵也热了一阵，立刻想到这是“偷”。儿时的记忆再现出来，偷梨吃的孩子最羞耻。过了好久，我就贴在已关好的门扇上，大概我像一个没有灵魂的、纸剪成的人贴在门扇。大概这样吧：街车唤醒了我，马蹄嗒嗒、车轮吱吱地响过去。我抱紧胸膛，把头也挂在胸口，向我自己心说：“我饿呀！不是‘偷’呀！”

第二次又打开门，这次我决心了！偷就偷，虽然是几个“列巴圈”，我也偷，为着我“饿”，为着他“饿”。

第二次失败，那么不去做第三次了。下了最后的决心，爬上床，关了灯，推一推郎华，他没有醒。我怕他醒。在“偷”这一刻，郎华也是我的敌人；假若我有母亲，母亲也是敌人。

天亮了！人们醒了。做家庭教师，无钱吃饭也要去上课，并且要练武术。他喝了一杯茶走的，过道那些“列巴圈”早已不见，都让别人吃了。

从昨夜到中午，四肢软弱一点，肚子好像被踢打放了气的皮球。

窗子在墙壁中央，天窗似的，我从窗口升了出去，赤裸裸，完全和日光接近；市街临在我的脚下，直线的，错综着许多角度的楼房，大柱子一般工厂的烟囱，街道横顺交织着，秃光的街树。白云在天空作出各样的曲线，高空的风吹乱我的头发，飘荡我的衣襟。市街像一张繁繁杂杂颜色不清晰的地图，挂在我们眼前。楼顶和树梢都挂住一层稀薄的白霜，整个城市在阳光下闪闪烁烁撒了一层银片。我的衣襟被风拍着作响，我冷了，我孤孤独独的好像站在无人的山顶。每家楼顶的白霜，一刻不是银片了，而是些雪花、冰花，或是什么更严寒的东西在吸我，像全身浴在冰水里一般。

我披了棉被再出现到窗口，那不是全身，仅仅是头和胸突在窗口。一个女人站在一家药店门口讨钱，手下牵着孩子，衣襟裹着更小的孩子。药店没有人出来理她，过路人也不理她，都像说她有孩子不对，穷就不该有孩子，有也应该饿死。

我只能看到街路的半面，那女人大概向我的窗下走来，因为我听见那孩子的哭声很近。

“老爷，太太，可怜可怜……”可是看不见她在追逐谁，虽然是三层楼，也听得这般清楚，她一定是跑得颠颠断断地呼喘，“老爷老爷……可怜吧！”

那女人一定正像我，一定早饭还没有吃，也许昨晚的也没有吃。她在楼下急迫地来回的呼声传染了我，肚子立刻响起来，肠子不住地呼叫……

郎华仍不回来，我拿什么来喂肚子呢？桌子可以吃吗？草褥子可以吃吗？

晒着阳光的行人道，来往的行人，小贩乞丐……这一些看得我疲倦了！打着呵欠，从窗口爬下来。

窗子一关起来，立刻生满了霜，过一刻，玻璃片就流着眼泪了！起初是一条条的，后来就大哭了！满脸是泪，好像在行人道上讨饭的母亲的脸。

我坐在小屋，像饿在笼中的鸡一般，只想合起眼睛来静着，默着，但又不是睡。

“咯，咯！”这是谁在打门！我快去开门，是三年前旧学校里的图画先生。

他和从前一样很喜欢说笑话，没有改变，只是胖了一点，眼睛又小了一点。他随便说，说得很多。他的女儿，那个穿红花旗袍的小姑娘，又加了一件黑绒上衣，她在藤椅上，怪美丽的。但她有点不耐烦的样子：“爸爸，我们走吧。”小姑娘哪里懂得人生！小姑娘只知道美，哪里懂得人生？

曹先生问：“你一个人住在这里吗？”

“是——”我当时不晓得为什么答应“是”，明明是和郎华同住，怎么要说自己住呢？

好像这几年并没有别开，我仍在那个学校读书一样。他说：

“还是一个人好，可以把整个的心身献给艺术。你现在不喜欢画，你喜欢文学，就把全身心献给文学。只有忠心于艺术的心才不空虚，只有艺术才是美，才是真美。爱情这话很难说，若是为了性欲才爱，那么就不如临时解决，随便可以找到一个，只要是异性。爱是爱，爱很不容易，那么就不如爱艺术，比较不空虚……”

“爸爸，走吧！”小姑娘哪里懂得人生，只知道“美”，她看一看这屋子一点意思也没有，床上只铺一张草褥子。

“是，走——”曹先生又说，眼睛指着女儿，“你看我，十三岁就结了婚，这不是吗？曹云都十五岁啦！”

“爸爸，我们走吧！”

他和几年前一样，总爱说“十三岁”就结了婚，差不多全校同学都知道曹先生是十三岁结婚的。

“爸爸，我们走吧！”

他把一张票子丢在桌上就走了！那是我写信去要的。

郎华还没有回来，我应该立刻想到饿，但我完全被青春迷惑了，读书的时候，哪里懂得“饿”？只晓得青春最重要，虽然现在我也并没老，但总觉得青春是过去了！过去了！

我冥想了一个长时期，心浪和海水一般翻了一阵。

追逐实际吧！青春惟有自私的人才系念她，“只有饥寒，没有青春”。

几天没有去过的小饭馆，又坐在那里边吃喝了。“很累了吧！腿可疼？道外道里要有十五里路。”我问他。

只要有得吃，他也很满足，我也很满足。其余什么都忘了！

那个饭馆，我已经习惯，还不等他坐下，我就抢个地方先坐下，我也把菜的名字记得很熟，什么辣椒白菜啦，雪里蕻豆腐啦……什么酱鱼啦！怎么叫酱鱼呢？哪里有鱼！用鱼骨头炒一点酱，借一点腥味就是啦！我很有把握，我简直都不用算一算就知道这些菜也超不过一角钱。因此我用很大的声音招呼，我不怕，我一点也不怕花钱。

回来没有睡觉之前，我们一面喝着开水，一面说：

“这回又饿不着了，又够吃些日子。”

闭了灯，又满足又安适地睡了一夜。

最末的一块木柈

火炉烧起又灭，灭了再弄着，灭到第三次，我恼了！我再不能抑止我的愤怒，我想冻死吧，饿死吧，火也点不着，饭也烧不熟。就是那天早晨，手在铁炉门上烫焦了两条，并且把指甲烧焦了一个缺口。火焰仍是从炉门喷吐，我对着火焰生气，女孩子的娇气毕竟没有脱掉。我向着窗子，心很酸，脚也冻得很痛，打算哭了。但过了好久，眼泪也没有流出，因为已经不是娇子，哭什么？

烧晚饭时，只剩下一块木柈，一块木柈怎么能生火呢？那样大的炉腔，一块木柈只能占去炉腔的二十分之一。

“睡下吧，屋子太冷。什么时候饿，就吃面包。”郎华抖着被子招呼我。

脱掉袜子，腿在被子里面团蜷着。想要把自己的脚放到自己肚子上面暖一暖，但是不可能，腿生得太长了，实在感到不便，腿实在是无用。在被子里面也要颤抖似的。窗子上的霜，已经挂得那样厚，并且四壁的绿颜色，涂着金边，这一些更使人感到冷。两个人的呼吸像冒着烟一般的。玻璃上的霜好像柳絮落到河面，密结地起着绒毛。夜来时也不知道，天明时也不知道，是个没有明暗的幽室，人住在里面，正像菌类。

半夜我就醒来，并不饿，只觉得冷。郎华光着身子跳起来。点起蜡烛，到厨房去喝冷水。

“冻着，也不怕受寒！”

“你看这力气！怕冷？”他的性格是这样，逞强给我看。上床，他还在自己肩头上打了两下。我暖着他冰冷的身子颤抖了。都说情人的身子比火还热，到此时，我不能相信这话了。

第二天，仍是一块木柈。他说，借吧！

“向哪里借！”

“向汪家借。”

写了一张纸条，他站在门口喊他的学生汪玉祥。

老厨夫抱了满怀的木柈来叫门。

不到半点钟，我的脸一定也红了，因为郎华的脸红起来。窗子滴着水，水从窗口流到地板上，窗前来回走人也看得清，窗前哺食的小鸡也看得清，黑毛的，红毛的，也有花毛的。

“老师，练武术吗？九点钟啦！”

“等一会，吃完饭练武术！”

有了木柈，还没有米，等什么？越等越饿。他教完武术，又跑出去借钱，等他借了钱买了一大块厚饼回来，木柈又只剩了一块。这可怎么办？晚饭又不能吃。

对着这一块木柈，又爱它，又恨它，又可惜它。

黑“列巴”和白盐

玻璃窗子又慢慢结起霜来，不管人和狗经过窗前，都辨认不清楚。

“我们不是新婚吗？”他这话说得很响，他唇下的开水杯起一个小圆波浪。他放下杯子，在黑面包上涂一点白盐送下喉去。大概是面包已不在喉中，他又说：

“这不正是度蜜月吗！”

“对的，对的。”我笑了。

他连忙又取一片黑面包，涂上一点白盐，学着电影上那样度蜜月，把涂盐的“列巴”先送上我的嘴，我咬了一下，而后他才去吃。一定盐太多了，舌尖感到不愉快，他连忙去喝水：

“不行不行，再这样度蜜月，把人咸死了。”

盐毕竟不是奶油，带给人的感觉一点也不甜，一点也不香。我坐在旁边笑。

光线完全不能透进屋来，四面是墙，窗子已经无用，像封闭了的洞门似的，与外界绝对隔离开。天天就生活在这里边。素食，有时候不食，好像传说上要成仙的人在这地方苦修苦炼。很有成绩，修炼得倒是不错了，脸也黄了，骨头也瘦了。

我的眼睛越来越扩大，他的颊骨和木块一样突在腮边。这些工夫都做到，只是还没成仙。

“借钱”，“借钱”，郎华每日出去“借钱”。他借回来的钱总是很少，三角，五角，借到一元，那是很稀有的事。

黑“列巴”和白盐，许多日子成了我们惟一的生命线。

春意挂上了树梢

三月花还没有开，人们嗅不到花香，只是马路上融化了积雪的泥泞干起来。天空打起朦胧的多有春意的云彩；暖风和轻纱一般浮动在街道上，院子里。春末了，关外的人们才知道春来。春是来了，街头的白杨树蹿着芽，拖马车的马冒着气，马车夫们的大毡靴也不见了，行人道上外国女人的脚又从长统套鞋里显现出来。笑声，见面打招呼声，又复活在行人道上。商店为着快快地传播春天的感觉，橱窗里的花已经开了，草也绿了，那是布置着公园的夏景。我看得很凝神的时候，有人撞了我一下，是汪林，她也戴着那样小沿的帽子。

“天真暖啦！走路都有点热。”

看着她转过“商市街”，我们才来到另一家店铺，并不是买什么，只是看看，同时晒晒太阳。这样好的行人道，有树，也有椅子，坐在椅子上，把眼睛闭起，一切春的梦，春的谜，春的暖力……这一切把自己完全陷进去。听着，听着吧！春在歌唱……

“大爷，大奶奶……帮帮吧！……”这是什么歌呢，从背后来的？这不是春天的歌吧！

那个叫化子嘴里吃着个烂梨，一条腿和一只脚肿得把另一只显得好像不存在似的。“我的腿冻坏啦！大爷，帮帮吧！唉唉……！”

有谁还记得冬天？阳光这样暖了！街树蹿着芽！

手风琴在隔道唱起来，这也不是春天的调，只要一看那个瞎人为着拉琴而扭歪的头，就觉得很残忍。瞎人他摸不到春天，他没有眼睛。坏了腿的人，他走不到春天，他有腿也等于无腿。

世界上这一些不幸的人，存在着也等于不存在，倒不如赶早把他们消灭掉，免得在春天他们会唱这样难听的歌。

汪林在院心吸着一支烟卷，她又换一套衣裳。那是淡绿色的，和树枝发出的芽一样的颜色。她腋下夹着一封信，看见我们，赶忙把信送进衣袋去。

“大概又是情书吧！”郎华随便说着玩笑话。

她跑进屋去了。香烟的烟缕在门外打了一下旋卷才消灭。

夜，春夜，中央大街充满了音乐的夜。流浪人的音乐，日本舞场的音乐，外国饭店的音乐……七点钟以后。中央大街的中段，在一条横口，那个很响的扩音机哇哇地叫起来，这歌声差不多响彻全街。若站在商店的玻璃窗前，会疑心是从玻璃发着震响。一条完全在风雪里寂寞的大街，今天第一次又号叫起来。

外国人！绅士样的，流氓样的，老婆子，少女们，跑了满街……有的连起人排来封闭住商店的窗子，但这只限于年轻人。也有的同唱机一样唱起来，但这也只限于年轻人。这好像特有的年轻人的集会。他们和姑娘们一道说笑，和姑娘们连起排来走。中国人混在这些卷发人中间，少得只有七分之一，或八分之一。但是汪林在其中，我们又遇到她。她和另一个也和她同样打扮漂亮的、白脸的女人同走……卷发的人用俄国话说她漂亮。她也用俄国话和他们笑了一阵。

中央大街的南端，人渐渐稀疏了。

墙根，转角，都发现着哀哭，老头子，孩子，母亲们……哀哭着的是永久被人间遗弃的人们！那边，还望得见那边快乐的人群。还听得见那边快乐的声音。

三月，花还没有，人们嗅不到花香。

夜的街，树枝上嫩绿的芽子看不见，是冬天吧？是秋天吧？但快乐的人们，不问四季总是快乐；哀哭的人们，不问四季也总是哀哭！

一九三六年五月

小偷、车夫和老头

木柈车在石路上发着隆隆的重响。出了木柈场，这满车的木柈使老马拉得吃力了！但不能满足我，大木柈堆对于这一车木柈，真像在牛背上拔了一根毛，我好像嫌这柈子太少。

“丢了两块木柈哩！小偷来抢的，没看见？要好好看着，小偷常偷柈子……十块八块木柈也能丢。”

我被车夫提醒了！觉得一块木柈也不该丢，木柈对我才恢复了它的重要性。小偷眼睛发着光又来抢时，车夫在招呼我们：

“来了啊！又来啦！”

郎华招呼一声，那竖着头发的人跑了！

“这些东西顶没有脸，拉两块就得啦吧！贪多不厌，把这一车都送给你好不好？……”打着鞭子的车夫，反复地在说那个小偷的坏话，说他贪多不厌。

在院心把木柈一块块推下车来，那还没有推完，车夫就不再动手了！把车钱给了他，他才说：“先生，这两块给我吧！拉家去好烘烘火，孩子小，屋子又冷。”

“好吧！你拉走吧！”我看一看那是五块顶大的他留在

车上。

这时候他又弯下腰，去弄一些碎的，把一些木皮扬上车去，而后拉起马来走了。但他对他自己并没说贪多不厌，别的坏话也没说，跑出大门道走了。

只要有木柈车进院，铁门栏外就有人向院里看着问："柈子拉（锯）不拉？"

那些人带着锯，有两个老头也扒着门扇。

这些柈子就讲妥归两个老头来锯，老头有了工作在眼前，才对那个伙伴说："吃点么？"

我去买给他们面包吃。

柈子拉完又送到柈子房去。整个下午我不能安定下来，好像我从未见过木柈，木柈给我这样的大欢喜，使我坐也坐不定，一会跑出去看看。最后老头子把院子扫得干干净净的了！这时候，我给他工钱。

我先用碎木皮来烘着火。夜晚在三月里也是冷一点，玻璃窗上挂着蒸气。没有点灯，炉火颗颗星星地发着爆炸，炉门打开着，火光照红我的脸，我感到例外的安宁。

我又到窗外去拾木皮，我吃惊了！老头子的斧子和锯都背好在肩上，另一个背着架柈子的木架，可是他们还没有走。这许多的时候，为什么不走呢？

"太太，多给了钱啦？"

"怎么多给的！不多，七角五分不是吗？"

“太太，吃面包钱没有扣去！”那几角工钱，老头子并没放入衣袋，仍呈在他的手上，他借着离得很远的门灯在考察钱数。

我说：“吃面包不要钱，拿着走吧！”

“谢谢，太太。”感恩似的，他们转过身走去了，觉得吃面包是我的恩情。

我愧得立刻心上烧起来，望着那两个背影停了好久，羞恨的眼泪就要流出来。已经是祖父的年纪了，吃块面包还要感恩吗？

剧　团

册子带来了恐怖。黄昏时候，我们排完了剧，和剧团那些人出了“民众教育馆”，恐怖使我对于家有点不安。街灯亮起来，进院，那些人跟在我们后面。门扇，窗子，和每日一样安然地关着。我十分放心，知道家中没有来过什么恶物。

失望了，开门的钥匙由郎华带着，于是大家只好坐在窗下的楼梯口。李买的香瓜，大家就吃香瓜。

汪林照样吸着烟。她掀起纱窗帘向我们这边笑了笑。陈成把一个香瓜高举起来。

“不要。”她摇头，隔着玻璃窗说。

我一点趣味也感不到，一直到他们把公演的事情议论完，我想的事情还没停下来。我愿意他们快快去，我好收拾箱子，好像箱子里面藏着什么使我和郎华犯罪的东西。

那些人走了，郎华从床底把箱子拉出来，洋烛立在地板上，我们开始收拾了。弄了满地纸片，什么犯罪的东西也没有。但不敢自信，怕书页里边夹着骂“满洲国”的，或是骂什么的字迹，所以每册书都翻了一遍。一切收拾好，箱子是空空洞洞的了。一张高尔基的照片，也把它烧掉。大火炉烧得烤痛人的面孔。我烧得很快，日本宪兵就要来捉人似的。

当我们坐下来喝茶的时候，当然是十分定心了，十分有把握了。一张吸墨纸我无意地玩弄着，我把腰挺得很直，很大方的样子，我的心像被拉满的弓放了下来一般的松适。我细看红铅笔在吸墨纸上写的字，那字正是犯法的字：

——小日本子，走狗，他妈的“满洲国”……——

我连再看一遍也没有看，就送到火炉里边。

“吸墨纸啊！是吸墨纸！”郎华可惜得跺着脚。等他发觉那已开始烧起来了：“那样大一张吸墨纸你烧掉它，烧花眼了？什么都烧，看用什么！”

他过于可惜那张吸墨纸。我看他那种样子也很生气。吸墨纸重要，还是拿生命去开玩笑重要？

“为着一个虱子烧掉一件棉袄！”郎华骂我，“那你就不会把字剪掉？”

我哪想起来这样做！真傻，为着一块疮疤丢掉一个苹果！

我们把“满洲国”建国纪念明信片摆到桌上，那是朋友送给的，很厚的一打。还有两本上面写着“满洲国”字样的不知是什么书，连看也没有看也摆起来。桌子上面很有意思：《离骚》，《李后主词》，《石达开日记》，他当家庭教师用的小学算术教本。一本《世界各国革命史》也从桌子上抽下去，郎华说那上面载着日本怎样压迫朝鲜的历史，所以不能摆在外面。我一听说有这种重要性，马上就要去烧掉，我已经站起来了，郎华把我按下：“疯了吗？你疯了吗？”

我就一声不响了，一直到灭了灯睡下，连呼吸也不能呼吸似的。在黑暗中我把眼睛张得很大。院中的狗叫声也多起来。大门扇响得也厉害了。总之，一切能发声的东西都比平常发的声音要高，平常不会响的东西也被我新发现着，棚顶发着响，洋瓦房盖被风吹着也响，响，响……

郎华按住我的胸口……我的不会说话的胸口。铁大门震响了一下，心跳了一下。

“不要怕，我们有什么呢？什么也没有。谣传不要太认真。他妈的，哪天捉去哪天算！睡吧，睡不足，明天要头疼的……”

他按住我的胸口。好像给噩梦惊醒的孩子似的，心在母亲的手下大跳着。

有一天，到一家影戏院去试剧，散散杂杂的这一些人，从我们的小房出发。

全体都到齐，只少了徐志，他一次也没有不到过，要试演他就不到，大家以为他病了。

很大的舞台，很漂亮的垂幕。我扮演的是一个老太婆的角色，还要我哭，还要我生病。把四个椅子拼成一张床，试一试倒下去，我的腰部触得很疼。

先试给影戏院老板看的，是郎华饰的《小偷》中的杰姆和李饰的律师夫人对话的那一幕。我是另外一个剧本，还没挨到我，大家就退出影戏院了。

因为条件不合，没能公演。大家等待机会，同时每个人发着疑问：公演不成了吧？

三个剧排了三个月，若说演不出，总有点可惜。

“关于你们册子的风声怎么样？”

“没有什么。怕狼，怕虎是不行的。这年头只得碰上什么算什么……”郎华是刚强的。

白面孔

恐怖压到剧团的头上，陈成的白面孔在月光下更白了。这种白色使人感到事件的严重。落过秋雨的街道，脚在街石上发着“巴巴”的声音，李，郎华，我们四个人走过很长的一条街。李说：“徐志，我们那天去试演，他不是没有到吗？被捕一个礼拜了！我们还不知道……”

“不要说。在街上不要说。”我撞动她的肩头。

鬼祟的样子，郎华和陈成一队，我和李一队。假如有人走在后面，还不等那人注意我，我就先注意他，好像人人都知道我们这回事。街灯也变了颜色，其实我们没有注意到街灯，只是紧张地走着。

李和陈成是来给我们报信，听说剧团人老柏已经三天不敢回家，有密探等在他的门口，他在准备逃跑。

我们去找胖朋友，胖朋友又有什么办法？他说：“×××科里面的事情非常秘密，我不知道这事，我还没有听说。”他在屋里转着弯子。

回到家锁了门，又在收拾书箱，明知道没有什么可收拾的，但本能的要收拾。后来，也把那一些册子从过道拿到后面柈子房去。看到册子并不喜欢，反而感到累赘了！

老秦的面孔也白起来，那是在街上第二天遇见他。我们没说什么，因为郎华早已通知他这事件。

没有什么办法，逃，没有路费，逃又逃到什么地方去？不安定的生活又重新开始。从前是闹饿，刚能弄得饭吃，又闹着恐怖。好像从来未遇过的恶的传闻和事实，都在这时来到：日本宪兵队前夜捉去了谁，昨夜捉去了谁……听说昨天被捉去的人与剧团又有关系……

耳孔里塞满了这一些，走在街上也是非常不安。在中央大街的中段，竟有这样突然的事情——郎华被一个很瘦的高个子在肩上拍了一下，就带着他走了！转弯走向横街去，郎华也一声不响地就跟他走，他好像莫名其妙地脱开我就跟他去……起先我的视线被电影院门前的人们遮断，但我并不怎样心跳，那人和郎华很密切的样子，肩贴着肩，踱过来，但一点感情也没有，又踱过去……这次走了许多工夫就没再转回来。我想这是用的什么计策吧？把他弄上圈套。

结果不是要捉他，那是他的一个熟人，多么可笑的熟人呀！太突然了！神经衰弱的人会吓出神经病来。“唉呀危险，你们剧团里人捕去了两个了……”在街上他竟弄出这样一个奇特的样子来，他不断地说，“你们应该预备预备。”

“我预备什么？怕也不成，遇上算。”郎华的肩连摇也不摇地说。

这几天发生的事情极多，做编辑的朋友陵也跑掉了。汪林喝过酒的白面孔也出现在院心。她说她醉了一夜，她说陵前夜怎样送她到家门，怎样要去了她一把削瓜皮的小刀……她一面说，一面幻想，脸也是白的。好像不好的事情都一起发生，朋友们变了样。汪林在院子里走来走去，也变了样。

只失掉了剧员徐志，剧团的事就在恐怖中不再提起了。

门前的黑影

从昨夜，对于震响的铁门更怕起来，铁门扇一响，就跑到过道去看，看过四五次都不是，但愿它不是。清早了，某个学校的学生，他是郎华的朋友，他戴着学生帽，进屋也没有脱，他连坐下也不坐下就说：

“风声很不好，关于你们，我们的同学弄去了一个。”

“什么时候？”

“昨天。学校已经放假了，他要回家还没有走。今天一早又来日本宪兵，把全宿舍检查一遍，每个床铺都翻过，翻出一本《战争与和平》来……”

“《战争与和平》又怎么样？”

“你要小心一点，听说有人要给你放黑箭。”

“我又不反满，不抗日，怕什么？”

“别说这一套话，无缘无故就要捕人，你看，把《战争与和平》那本书就带了去，说是调查调查，也不知道调查什么？”

说完他就走了。问他想放黑箭的是什么人？他不说。过一会，又来一个人，同样是慌张，也许近些日子看人都是慌张的。

“你们应该躲躲，不好吧！外边都传说剧团不是个好剧团。那个团员出来了没有？”

我们送走了他，就到公园走走。冰池上小孩们在上面滑着冰，日本孩子，俄国孩子……中国孩子……

我们绕着冰池走了一周，心上带着不愉快……所以彼此不讲话，走得很沉闷。

“晚饭吃面吧！”他看到路北那个切面铺才说，我进去买了面条。

回到家里，书也不能看，俄语也不能读，开始慢慢预备晚饭吧！虽然在预备吃的东西也不高兴，好像不高兴吃什么东西。

木格上的盐罐装着满满的白盐，盐罐旁边摆着一包大海米，酱油瓶，醋瓶，香油瓶，还有一罐炸好的肉酱。墙角有米袋，面袋，柈子房满堆着木柈……这一些并不感到满足，用肉酱拌面条吃，倒不如去年米饭拌着盐吃舒服。

“商市街”口，我看到一个人影，那不是寻常的人影，那像日本宪兵。我继续前走，怕是郎华知道要害怕。

走了十步八步，可是不能再走了！那穿高筒皮靴的人在铁门外盘旋。我停止下，想要细看一看。郎华和我同样，他也早就注意上这人。我们想逃。他是在门口等我们吧！不用猜疑，路南就停着小“电驴子”，并且那日本人又走到路南来，他的姿式表示着他的耳朵也在倾听。

不要家了，我们想逃，但是逃向哪里呢？

那日本人连刀也没有佩，也没有别的武装，我们有点不相信他就会抓人。我们走进路南的洋酒面包店去，买了一块面包，我并不要买肠子，掌柜的就给切了肠子，因为我是聚精会神地在注意玻璃窗外的事情。那没有佩刀的日本人转着弯子慢慢走掉了。

这真是一场大笑话，我们就在铺子里消费了三角五分钱，……从玻璃门出来，带着三角五分钱的面包和肠子。假若是更多的钱在那当儿就丢在马路上，也不觉得可惜……

“要这东西做什么呢？明天袜子又不能买了。”事件已经过去，我懊悔地说。

“我也不知道，谁叫你进去买的？想怨谁？”

郎华在前面哐哐地开着门，屋中的热气快扑到脸上来。

拍卖家具

似乎带着伤心，我们到厨房检查一下，水壶，水桶，小锅这一些都要卖掉，但是并不是第一次检查，从想走那天起，我就跑到厨房来计算，三角二角，不知道这样计算多少回，总之一提起“走”字来便去计算，现在可真的要出卖了。

旧货商人就等在门外。

他估着价：水壶，面板，水桶，饭锅，三只饭碗，酱油瓶子，豆油瓶子，一共值五角钱。

我们没有答话，意思是不想卖了。

“五毛钱不少。你看，这锅漏啦！水桶是旧水桶，买这东西也不过几毛钱，面板这块板子，我买它没有用，饭碗也不值钱……”他一只手向上摇着，另一只手翻着摆在地上的东西，他很看不起这东西，“这还值钱？这还值钱？”

“不值钱，我也不卖。你走吧！”

“这锅漏啦！漏锅……”他的手来回地推动锅底，嘭响一声，再嘭响一声。

我怕他把锅底给弄掉下来，我很不愿意：“不卖了，你走吧！”

“你看这是废货，我买它卖不出钱来。”

我说：“天天烧饭，哪里漏呢？”

“不漏，眼看就要漏，你摸摸这锅底有多么薄？”最后，他又在小锅底上很留恋地敲了两下。

小锅第二天早晨又用它烧了一次饭吃，这是最后的一次。我伤心，明天它就要离开我们到别人家去了！永远不会再遇见，我们的小锅。没有钱买米的时候，我们用它盛着开水来喝；有米太少的时候，就用它煮稀饭给我们吃。现在它要去了！

共患难的小锅呀！与我们别开，伤心不伤心？

旧棉被、旧鞋和袜子，卖空了！空了……

还有一只剑，我也想着拍卖它，郎华说：

“送给我的学生吧！因为剑上刻着我的名字，卖是不方便的。”

前天，他的学生听说老师要走，哭了。

正是练武术的时候，那孩子手举着大刀，流着眼泪。

一九三五年五月十五日，上海

最后的一个星期

刚下过雨，我们踏着水淋的街道，在中央大街上徘徊，到江边去呢？还是到哪里去呢？

天空的云还没有散，街头的行人还是那样稀疏，任意走，但是再不能走了。

“郎华，我们应该规定个日子，哪天走呢？”

“现在三号，十三号吧！还有十天，怎么样？”

我突然站住，受惊一般地，哈尔滨要与我们别离了！还有十天，十天以后的日子，我们要过在车上、海上，看不见松花江了，只要“满洲国”存在一天，我们是不能来到这块土地。

李和陈成也来了，好像我们走，是应该走。

“还有七天，走了好啊！”陈成说。

为着我们走，老张请我们吃饭。吃过饭以后，又去逛公园。在公园又吃冰激凌，无论怎样总感到另一种滋味，公园的大树，公园夏日的风，沙土，花草，水池，假山，山顶的凉亭，……这一切和往日两样，我没有像往日那样到公园里乱跑，我是安静静地走，脚下的沙土慢慢地在响。

夜晚屋中又剩了我一个人，郎华的学生跑到窗前。他偷偷观察着我，他在窗前走来走去，假装着闲走来观察我，来观察这屋中的事情，观察不足，于是问了：

“我老师上哪里去了？”

“找他做什么？”

“找我老师上课。”

其实那孩子平日就不愿意上课，他觉得老师这屋有个景况：怎么这些日子卖起东西来，旧棉花，破皮褥子……

要搬家吧？那孩子不能确定是怎么回事。他跑回去又把小菊也找出来，那女孩和他一般大，当然也觉得其中有个景况。我把灯闭上了，要收拾的东西，暂时也不收拾了！

躺在床上，摸摸墙壁，又摸摸床边，现在这还是我所接触的，再过七天，这一些都别开了。

小锅，小水壶，终归被旧货商人所提走，在商人手里发着响，闪着光，走出门去！那是前年冬天，郎华从破烂市买回来的。现在又将回到破烂市去。

卖掉小水壶，我的心情更不能压制住。不是用的自己的腿似的，到木柈房去看看许多木柈还没有烧尽，是卖呢？是送朋友？门后还有个电炉，还有双破鞋。

大炉台上失掉了锅，失掉了壶，不像个厨房样。

一个星期已经过去四天，心情随着时间更烦乱起来。也不能在家烧饭吃，到外面去吃，到朋友家去吃。

看到别人家的小锅，吃饭也不能安定。后来，睡觉也不能安定。

“明早六点钟就起来拉床，要早点起来。”

郎华说这话，觉得走是逼近了！必定得走了。好像郎华如不说，就不走了似的。

夜里想睡也睡不安。太阳还没出来，铁大门就响起来，我怕着，这声音要夺去我的心似的，昏茫地坐起来。郎华就跳下床去，两个人从床上往下拉着被子、褥子。枕头摔在脚上，忙忙乱乱，有人打着门，院子里的狗乱咬着。

马颈的铃铛就响在窗外，这样的早晨已经过去，我们遭了恶祸一般，屋子空空的了。

我把行李铺了铺，就睡在地板上。为了多日的病和不安，身体弱的快要支持不住的样子。郎华跑到江边去洗他的衬衫，他回来看到我还没有起来，他就生气：

“不管什么时候，总是懒。起来，收拾收拾，该随手拿走的东西，就先把它拿走。”

“有什么收拾的，都已收拾好。我再睡一会，天还早，昨夜我失眠了。”我的腿痛，腰痛，又要犯病的样子。

“要睡，收拾干净再睡，起来！”

铺在地板上的小行李也卷起来了。墙壁从四面直垂下来，棚顶一块块发着微黑的地方，是长时间点蜡烛被烛烟所熏黑的。说话的声音有些轰响。空了！在屋子里边走起来很旷荡……

还吃最后的一次早餐——面包和肠子。

我手提个包袱。郎华说：

“走吧！”他推开了门。

这正像乍搬到这房子郎华说“进去吧”一样，门开着我出来了，我腿发抖，心往下沉坠，忍不住这从没有落下来的眼泪，是哭的时候了！应该流一流眼泪。

我没有回转一次头走出大门，别了家屋！街车，行人，小店铺，行人道旁的杨树。转角了！

别了，“商市街”！

小包袱在手上挎着。我们顺了中央大街南去。

一九三五年五月十五日，上海

孤独的生活

蓝色的电灯，好像通夜也没有关，所以我醒来一次看看墙壁是发蓝的，再醒来一次，也是发蓝的。天明之前，我听到蚊虫在帐子外面嗡嗡嗡地叫着，我想，我该起来了，蚊虫都吵得这样热闹了。

收拾了房间之后，想要做点什么事情，这点日本与我们中国不同，街上虽然已经响着木屐的声音，但家屋仍和睡着一般的安静。我拿起笔来，想要写点什么，在未写之前必得要先想，可是这一想，就把所想的忘了！

为什么这样静呢？我反倒对着这安静不安起来。于是出去，在街上走走，这街也不和我们中国的一样，也是太静了，也好像正在睡觉似的。

于是又回到了房间，我仍要想我所想的：在席子上面走着，吃一根香烟，喝一杯冷水，觉得已经差不多了，坐下来吧！写吧！

刚刚坐下来，太阳又照满了我的桌子。又把桌子换了位置，放在墙角去，墙角又没有风，所以满头流汗了。

再站起来走走，觉得所要写的，越想越不应该写，好，再另计划别的。

好像疲乏了似的，就在席子上面躺下来，偏偏帘子上有一个蜂子飞来，怕它刺着我，起来把它打跑了。刚一躺下，树上又有一个蝉开头叫起。蝉叫倒也不算奇怪，但只一个，听来那声音就特别大，我把头从窗子伸出去，想看看，到底是在哪一棵树上？可是邻人拍手的声音，比蝉声更大，他们在笑了。我是在看蝉，他们一定以为我是在看他们。

于是穿起衣裳来，去吃中饭。经过华的门前，她们不在家，两双拖鞋摆在木箱上面。她们的女房东，向我说了一些什么，我一个字也不懂，大概也就是说她们不在家的意思。日本食堂之类，自己不敢去，怕被人看成个阿墨林。所以去的是中国饭馆，一进门那个戴白帽子的就说：

“伊拉瞎伊麻丝……”

这我倒懂得，就是“来啦”的意思。既然坐下之后，他仍说的是日本话，于是我跑到厨房去，对厨子说了：要吃什么，要吃什么。

回来又到华的门前看看，还没有回来，两双拖鞋仍摆在木箱上。她们的房东又不知向我说了些什么！

晚饭时候，我没有去寻她们，出去买了东西回到家里来吃，照例买的面包和火腿。

吃了这些东西之后，着实是寂寞了。外面打着雷，天阴得混混沉沉的了。想要出去走走，又怕下雨，不然，又是比日里还要长的夜，又把我留在房间了。终于拿了雨衣，走出去了，想要逛逛夜市，也怕下雨，还是去看华吧！一边带着失望一边向前走着，结果，她们仍是没有回来，仍是看到了两双鞋，仍是听到了那房东说了些我所不懂的话语。

假若，再有别的朋友或熟人，就是冒着雨，我也要去找他们，但实际是没有的。只好照着原路又走回来了。

现在是下着雨，桌子上面的书，除掉《水浒》之外，还有一本胡风译的《山灵》。《水浒》我连翻也不想翻，至于《山灵》，就是抱着我这一种心情来读，有意义的书也读坏了。

雨一停下来，穿着街灯的树叶好像萤火虫似的发光，过了一些时候，我再看树叶时那就完全漆黑了。

雨又开始了，但我的周围仍是静的，关起了窗子，只听到屋瓦滴滴的响着。

我放下了帐子，打开蓝色的电灯，并不是准备睡觉，是准备看书了。

读完了《山灵》上《声》的那篇，雨不知道已经停了多久了？那已经哑了的权龙八，他对他自己的不幸，并不正面去惋惜，他正为着铲除这种不幸才来干这样的事情的。

已经哑了的丈夫，他的妻来接见他的时候，他只把手放在嘴唇前面摆来摆去，接着他的脸就红了。当他红脸的时候，我不晓得那是什么心情激动了他？还有，他在监房里读着速成国语读本的时候，他的伙伴都想要说：“你话都不会说，还学日文干什么！”

在他读的时候，他只是听到像是蒸气从喉咙漏出来的一样。恐怖立刻浸着了他，他慌忙地按了监房里的报知机，等他把人喊了来，他又不说什么，只是在嘴的前面摇着手。所以看守骂他：“为什么什么也不说呢？混蛋！”

医生说他是“声带破裂”，他才晓得自己一生也不会说话了。

我感到了蓝色灯光的不足，于是开了那只白灯泡，准备再把《山灵》读下去。我的四面虽然更静了，等到我把自己也忘掉了时，好像我的周围也动荡了起来。

天还未明，我又读了三篇。

一九三六年八月九日，东京

失眠之夜

为什么要失眠呢！烦躁，恶心，心跳，胆小，并且想要哭泣。我想想，也许就是故乡的思虑罢。

窗子外面的天空高远了，和白棉一样绵软的云彩低近了，吹来的风好像带点草原的气味，这就是说已经是秋天了。

在家乡那边，秋天最可爱。

蓝天蓝得有点发黑，白云就像银子做成一样，就像白色的大花朵似的点缀在天上；就又像沉重得快要脱离开天空而坠了下来似的，而那天空就越显得高了，高得再没有那么高的。

昨天我到朋友们的地方走了一遭，听来了好多的心愿（那许多心愿综合起来，又都是一个心愿）。这回若真的打回满洲[①]去。有的说，煮一锅高粱米粥喝；有的说，咱家那地豆多么大！说着就用手比量着，这么碗大；珍珠米，老的一煮就开了花的，一尺来长的；还有的说，高粱米粥、咸盐豆。还有的说，若真的打回满洲去，三天二夜不吃饭，打着大旗往家跑。跑到家去自然也免不了先吃高粱米粥或咸盐豆。

---

① 此处指伪满洲国所在区域。——编者注

比方高粱米那东西，平常我就不愿吃，很硬，有点发涩（也许因为我有胃病的关系），可是经他们这一说，也觉得非吃不可了。

但是什么时候吃呢？那我就不知道了。而况我到底是不怎样热烈的，所以关于这一方面，我终究不怎样亲切。

但我想我们那门前的蒿草，我想我们那后园里开着的茄子的紫色的小花，黄瓜爬上了架。而那清早，朝阳带着露珠一齐来了！

我一说到蒿草或黄瓜，三郎就向我摆手或摇头："不，我们家，门前是两棵柳树，树荫交织着做成门形。再前面是菜园，过了菜园就是山。那金字塔形的山峰正向着我们家的门口，而两边像蝙蝠的翅膀似的向着村子的东方和西方伸展开去。而后园黄瓜、茄子也种着，最好看的是牵牛花在石头墙的缝隙爬遍了，早晨带着露水牵牛花开了……"

"我们家就不这样，没有高山，也没有柳树……只有……"我常常这样打断他。

有时候，他也不等我说完，他就接下去。我们讲的故事，彼此都好像是讲给自己听，而不是为着对方。

只有那么一天，他买来了一张《东北富源图》挂在墙上了，染着黄色的平原上站着小马、小羊，还有骆驼，还有牵着骆驼的小人；海上就是些小鱼、大鱼、黄色的鱼，红色的好像小瓶似的大肚的鱼，还有黑色的大鲸鱼；而兴安岭和辽宁一带画着许多和海涛似的绿色的山脉。

他的家就在离着渤海不远的山脉中，他的指甲在山脉上爬着：“这是大凌河……这是小凌河……哼……没有，这个地图是个不完全的，是个略图……”

“好哇！天天说凌河，哪有凌河呢！”我不知为什么一提到家乡，常常愿意给他扫兴一点。

“你不相信！我给你看。”他去翻他的书橱去了，“这不是大凌河……小凌河……小孩的时候在凌河沿上捉小鱼，拿到山上去，在石头上用火烤着吃……这边就是沈家台，离我们家二里路……”因为是把地图摊在地板上看的缘故，一面说着，他一面用手扫着他已经垂在前额的发梢。

《东北富源图》就挂在床头，所以第二天早晨，我一张开了眼睛，他就抓住了我的手：

“我想将来我回家的时候，先买两匹驴，一匹你骑着，一匹我骑着……先到我姑姑家，再到我姐姐家……顺便也许看看我的舅舅去……我姐姐很爱我……她出嫁以后，每回来一次就哭一次，姐姐一哭，我也哭……这有七八年不见了！也都老了。”

那地图上的小鱼，红的，黑的，都能够看清，我一边看着，一边听着，这一次我没有打断他，或给他扫一点兴。

“买黑色的驴，挂着铃子，走起来……当啷啷当啷啷……”他形容着铃音的时候，就像他的嘴里边含着铃子似的在响。

“我带你到沈家台去赶集。那赶集的日子，热闹！驴身上挂着烧酒瓶……我们那边，羊肉非常便宜……羊肉炖片粉……真有味道！唉呀！这有多少年没吃那羊肉啦！”他的眉毛和额头上起着很多皱纹。

我在大镜子里边看了他，他的手从我的手上抽回去，放在他自己的胸上，而后又背着放在枕头下面去，但很快地又抽出来。只理一理他自己的发梢又放在枕头上去。

而我，我想：

“你们家对于外来的所谓‘媳妇’也一样吗？”我想着这样说了。

这失眠大概也许不是因为这个。但买驴子的买驴子，吃咸盐豆的吃咸盐豆，而我呢？坐在驴子上，所去的仍是生疏的地方，我停着的仍然是别人的家乡。

家乡这个观念，在我本不甚切的，但当别人说起来的时候，我也就心慌了！虽然那块土地在没有成为日本的之前，“家”在我就等于没有了。

这失眠一直继续到黎明之前，在高射炮的炮声中，我也听到了一声声和家乡一样的震抖在原野上的鸡鸣。

一九三七年八月二十三日

索非亚的愁苦

侨居在哈尔滨的俄国人那样多。从前他们骂着："穷党，穷党。"

连中国人开着的小酒店或是小食品店，都怕"穷党"进去。谁都知道"穷党"喝了酒，常常会讨不出钱来。

可是现在那骂着穷党的，他们做了"穷党"了：马车夫，街上的浮浪人，叫化子，至于那大胡子的老磨刀匠，至于那去过欧战的独腿人，那拉手风琴在乞讨铜板的，人们叫他街头音乐家的独眼人。

索非亚的父亲就是马车夫。

索非亚是我的俄文教师。

她走路走得很漂亮，像跳舞一样。可是，她跳舞跳得怎样呢？那我不知道，因为我还不懂得跳舞。但是我看她转着那样圆的圈子，我喜欢她。

没多久，熟识了之后，我们是常常跳舞的。"再教我一个新步法！这个，你看我会了。"

桌上的表一过十二点，我们就停止读书。我站起来，走了一点姿式给她看。

“这样可以吗？左边转，右边转，都可以！”

“怎么不可以！”她的中国话讲得比我们初识的时候更好了。

为着一种感情，我从不以为她是一个“穷党”，几乎连那种观念也没有存在。她唱歌唱得也很好，她又教我唱歌。有一天，她的手指甲染得很红的来了。还没开始读书，我就对她的手很感到趣味，因为没有看到她装饰过。她从不涂粉，嘴唇也是本来的颜色。

“嗯哼，好看的指甲啊！”我笑着。

“呵！坏的，不好的，‘涅克拉西为’。”可是她没笑，她一半说着俄国话。“涅克拉西为”是不美的、难看的意思。”

我问她：“为什么难看呢？”

“读书，读书，十一点钟了。”她没有回答我。

后来，我们再熟识的时候，不仅跳舞，唱歌，我们谈着服装，谈着女人：西洋女人，东洋女人，俄国女人，中国女人。有一天，我们正在讲解着文法，窗子上有红光闪了一下，我招呼着：

“快看！漂亮哩！”房东的女儿穿着红缎袍子走过去。

我想，她一定要称赞一句。可是她没有：

“白吃白喝的人们！”

这样合乎文法完整的名词，我不知道为什么她能说出来？

当时，我只是为着这名词的构造而惊奇。至于这名词的意义，好像以后才发现出来。

后来，过了很久，我们谈着思想，我们成了好友了。

“白吃白喝的人们，是什么意思呢？”我已经问过她几次了，但仍常常问她。她的解说有意思：“猪一样的，吃得很好，睡得很好。什么也不做，什么也不想……”

“那么，白吃白喝的人们将来要做‘穷党’了吧？”

“是的，要做‘穷党’的。不，可是……”她的一丝笑纹也从脸上退走了。

不知多久，没再提到“白吃白喝”这句话。我们又回转到原来友情上的寸度：跳舞、唱歌，连女人也不再说到。我的跳舞步法也和友情一样没有增加，这样一直继续到“巴斯哈”节。

节前的几天，索非亚手脸色比平日更惨白些，嘴唇白得几乎和脸色一个样，我也再不要求她跳舞。

就是节前的一日，她说：“明天过节，我不来，后天来。”

后来，她来的时候，她向我们说着她的愁苦，这很意外。友情因为这个好像又增加起来。

“昨天是什么节呢？”

“‘巴斯哈’节，为死人过的节。染红的鸡子带到坟上去，花圈带到坟上去……”

“什么人都过吗？犹太人也过‘巴斯哈’节吗？”

“犹太人也过，‘穷党’也过，不是‘穷党’也过。”

到现在我想知道索非亚为什么她也是“穷党”，然而我不能问她。

“愁苦，我愁苦……妈妈又生病，要进医院，可是又请不到免费证。”

“要进哪个医院。”

“专为俄国人设的医院。”

“请免费证，还要很困难的手续吗？”

“没有什么困难的，只要不是‘穷党’。”

有一天，我只吃着干面包。那天她来得很早，差不多九点半钟她就来了。

“营养不好，人是瘦的、黑的，工作最少，工作得不好。慢慢健康就没有了。”

我说：“不是，只喜欢空吃面包，而不喜欢吃什么菜。”

她笑了：“不是喜欢，我知道为什么。昨天我也是去做客，妹妹也是去做客。爸爸的马车没有赚到钱，爸爸的马也是去做客。”

我笑她：“马怎么也会去做客呢？”

“会的，马到它的朋友家里去，就和它的朋友站在一道吃草。”

俄文读得一年了，索非亚家的牛生了小牛，也是她向我说的。并且当我到她家里去做客，若当老羊生了小羊的时候，我总是要吃羊奶的。并且在她家我还看到那还不很会走路的小羊。

“吉卜西人是‘穷党’吗？怎么中国人也叫他们‘穷党’呢？”这样话，好像在友情最高的时候更不能问她。

“吉卜西人也会讲俄国话的，我在街上听到过。”

“会的，犹太人也多半会俄国话！”索非亚的眉毛动弹了一下。

“在街上拉手风琴的一个眼睛的人，他也是俄国人吗？”

“是俄国人。”

“他为什么不回国呢？”

“回国！那你说我们为什么不回国？”她的眉毛好像在黎明时候静止着的树叶，一点也没有摇动。

“我不知道。”我实在是慌乱了一刻。

“那么犹太人回什么国呢？”

我说：“我不知道。”

春天柳条抽着芽子的时候，常常是阴雨的天气，就在雨丝里一种沉闷的鼓声来在窗外了：

“咚咚！咚咚！”

“犹太人，他就是父亲的朋友，去年‘巴斯哈’节他是在我们家里过的。他世界大战的时候去打过仗。”

“咚咚，咚咚，瓦夏！瓦夏！”

我一面听着鼓声，一面听到喊着瓦夏，索非亚的解说在我感不到力量和微弱。

“为什么他喊着瓦夏？”我问。

“瓦夏是他的伙伴，你也会认识他……是的，就是你说的中央大街上拉风琴的人。”

那犹太人的鼓声并不响了，但仍喊着瓦夏，那一双肩头一齐耸起又一齐落下，他的腿是一只长腿一只短腿。那只短腿使人看了会并不相信是存在的，那是从腹部以下就完全失去了，和丢掉一只腿的蛤蟆一样畸形。

他经过我们的窗口，他笑笑。

“瓦夏走得快哪！追不上他了。”这是索非亚给我翻译的。

等我们再开始讲话，索非亚她走到屋角长青树的旁边：

“屋子太没趣了，找不到灵魂，一点生命也感不到的活着啊！冬天屋子冷，这树也黄了。”

我们的谈话，一直继续到天黑。

索非亚述说着在落雪的一天，她跌了跤，从前安得来夫将军的儿子在路上骂她“穷党”。

“……你说，那猪一样的东西，我该骂他什么呢？——骂谁‘穷党’！你爸爸的骨头都被‘穷党’的煤油烧掉了——他立刻躲开我，他什么话也没有再回答。‘穷党’，吉卜西人也是‘穷党’，犹太人也是‘穷党’。现在真正的‘穷党’还不是这些人，那些沙皇的子孙们，那些流氓们才是真正的

‘穷党’。”

索非亚的情感约束着我，我忘记了已经是应该告别的时候。

“去年的‘巴斯哈’节，爸爸喝多了酒，他伤心……他给我们跳舞，唱高加索歌……我想他唱的一定不是什么歌曲，那是他想他家乡的心情的嚎叫，他的声音大得厉害哩！我的妹妹米娜问他：‘爸爸唱的是哪里的歌？’他接着就唱起‘家乡’‘家乡’来了，他唱着许多家乡。我们生在中国地方，高加索，我们对它一点什么也不知道。妈妈也许是伤心的，她哭了！犹太人哭了——拉手风琴的人，他哭的时候，把吉卜西女孩抱了起来。也许他们都想着‘家乡’。可是，吉卜西女孩不哭，我也不哭。米娜还笑着，她举起酒瓶来跟着父亲跳高加索舞，她一再说：‘这就是火把！’爸爸说：‘对的。’他还是说高加索舞是有火把的。米娜一定是从电影上看到过火把。……爸爸举着三弦琴。”

索非亚忽然变了一种声音：

“不知道吧！为什么我们做‘穷党’？因为是高加索人。哈尔滨的高加索人还不多，可是没有生活好的。从前是‘穷党’，现在还是‘穷党’。爸爸在高加索的时候种田，来到中国也是种田。现在他赶马车，他是一九一二年和妈妈跑到中国来。爸爸总是说：‘哪里也是一样，干活计就吃饭。’这话到现在他是不说的了……”

她父亲的马车回来了，院里啷啷地响着铃子。

我再去看她，那是半年以后的事，临告别的时候，索非亚才从床上走下地板来。

“病好了我回国的。工作，我不怕，人是要工作的。传说，那边工作很厉害。母亲说，还不要回去吧！可人们没有想想，人们以为这边比那边待他还好！”走到门外她还说：

“‘回国证’怕难一点，不要紧，没有‘回国证’，我也是要回去的。”她走路的样子再不像跳舞，迟缓与艰难。

过了一个星期，我又去看她，我是带着糖果。

“索非亚进了医院的。”她的母亲说。

“病院在什么地方？”

她的母亲说的完全是俄语，那些俄文的街名，无论怎样是我所不懂的。

“可以吗？我去看看她？”

“可以，星期日可以，平常不可以。”

“医生说她是什么病？”

“肺病，很轻的肺病，没有什么要紧。‘回国证’她是得不到的，‘穷党’回国是难的。”

我把糖果放下就走了。这次送我出来的不是索非亚，而是她的母亲。

一九三五年

访　问

这是寒带的，俄罗斯式的家屋：房身的一半是埋在地下，从外面看去，窗子几乎与地平线接近着。门厅是突出来的，和一个方形的亭子似的与房子接连着。门厅的外部，用毛草和麻布给它穿起了衣裳，就这样，门扇的边沿仍是挂着白色的霜雪。

只要你一踏进这家屋去，你立刻就会相信这是夏季，或者在你的感觉里面会出现一个比夏季更舒适的另外的一个季节。人在这家屋里边，只穿着单的衣裳，也还打开着领口。阳光在沙发上跳跃着。大火炉上，水壶的盖子为了水的滚煮的缘故，克答克答地在响。窗台的花盆里生着绿色的毛绒草。总之，使人立刻就会放弃了对于冬季的怨恨和怕惧。

我来过这房屋三次。第一次我是来访我的朋友，可以说每次我都是来访我的朋友。在最末这一次我的来访是黄昏时候。在冬季的黄昏里，所有的房屋都呈现着灰白色，好像是出了林子的白兔，为了疲倦到处躺卧下来。

我察看了一下房号，在被遗留下来的太阳的微光里面那完全是模糊的，蓝色的牌子上面，并分辨不出写着什么字数。我察看着那突出来的门厅，然而每家的门厅都是一律。我虽来过这房子两次，但那都是日里。我开始留心着窗口，我的朋友的窗口是摆着一盆浅绿色的毛绒草，于是我穿着这灰色天空下模糊的家屋而徘徊……

“唔！”门厅旁边嵌着的那块小玻璃，在我的记忆上恍了一下。我记得别的门厅是没有这块玻璃的。

我既认出了这个门厅，然而窗子里并没有灯光，我已经感到超过半数以上的失望！

“也许是睡觉了吧？可是这么早？”我打过门以后，并没有立刻走出人来，连回声也没有，只是狗在门里边叫着。

“可多？可多？”我听出来这是女房东的声音。“谁？谁？”自然她说的是俄语。

“请！请进来等一等……你的朋友，五点钟就回来的。”

方块糖、咖啡，还有她亲手制作的点心。她都拿出来陪着我吃。方块糖是从一个纸盒里面取出来的，她把手伸到纸盒的底边，一块一块攫了出来。

“唔，这是不很多，但是，吃……吃！”

起初她还时时去看那挂在墙上的手表。

“姑娘，请等一刻，五点钟，你的朋友是回来的，最多也不过六点钟……”渐渐她把我看成完全是来访她的。她开始读一段书给我听，读得很长，并且使我完全不懂。

“明白了吗？姑娘……”

“不，不十分明白。”

“呵哈！”她摇一下那翠蓝色的大耳环，留恋和羡慕使她灰色的嘴唇不能够平顺地播送着每个字的尾音。

“明白吗？姑娘，多么出色的故事！多么……我见过真的这样的恋爱，真的，我也有过这样的恋爱。明白一点吗？还是全明白了？”

“不，我一点也不明白。”

但是她并不停下来给我解释。那摊在她膝头上的快要摊散的旧书，她用十个手指在把持着。

“唔！吃茶吧！”大概她已经读到了段落。把书放在桌子上，用一块糖在分着书页的界限。

“咖啡，我是只预备这一点点，我来到中国，就从来没多预备过……可我会绣花边了。从前我是连知道也不知道，现在我绣得很好了。你愿意看一看吗？我有各种各样的花边……俄罗斯的花边和俄罗斯的跳舞一样漂亮……有名的，是，全世界是知道的……”

我始终看成她是犹太人，她的头发虽然卷曲而是黑色，只有犹太人是这样的头发；同时她的大耳环也和犹太人的耳环一样，大而且沉重。

“不，姑娘，要看不要看呢？我想还是看一看的好……”她紧一紧那挂着穗子的披肩，想要站起来，但是椅背上像有什么东西牵着她的披肩。

“这是什么……这是……”那张椅子的靠背有许多弯弯曲曲的铁丝爬行着，并且在她摘取着挂在铁丝上的披肩时，那椅子吱吱的响起，好像要碎下来。

“姑娘，这花边吗！花边，花边……高贵的家庭需要花边的地方很多，比方……被套、女睡衣、窗帘，考究一点的主妇连饭巾也是钉起花边来的。多多的，用的地方多多的，赶快学一学吧！”

于是看到她的花边，但是一点也不出色。那上面已经染着灰尘，有的像是用水洗过，但是也没有洗净的样子，仿佛是些生着斑点的树叶连结了起来的。

“姑娘，学起来很快，你看我这盘机器，你会用机器吧！只要一个月，只要一个月……学费是三块钱……”

狗在床上跳来跳去，床已经显着颤动和发响。这狗时时会打断我们的谈话。它从床上跳到桌子上，又从桌子跳到窗台上去。这房间一切家具隔着过小的距离，床和窗子的距离中间摆着一张方桌——就是我们坐着喝茶的方桌——再就是大炉台，再就是脚下的痰盂。

“喝茶吧！这茶是不很好，我是到中国从来没预备过好茶。那么，吃饼干……”她把那盛饼干破了边沿的盘子向我这边推了推，于是她把眼睛几乎合起来问着我：“你不喜欢？你不喜欢吃这东西？”

我一边看着她那善于表情的样子，一边伸手去取茶杯。于是发见桌子上面只摆着一个杯子，我用眼满屋里寻找，但也没有第二只杯子。我已经感到了疲倦，我想另一天再来访我的朋友。我站起来时，小狗扯住了我衣裳的襟角。

“看吧！姑娘，这狗最欢迎客人……再坐一坐，等一等，你的朋友大概就要回来的……我把火炉加一点木片……你看，我和狗一道生活着，也实在闷了。它只是跳着使我爱它，有时也使我厌烦它。但是它不会说话……虽然我发怒的时候它怕我，但它不知道我灵魂的颜色……”她打开了炉门，炉火在她的耳环上面拥抱，火光颤动着的热力好像增强了她黑色的头发的卷曲。她的胳臂在动作的时候，那披肩的一个角部要从肩上流了下来，小狗在萦卷她那金黄色披肩的穗头。

她说那是“非洲狗”，看起来简直和袋鼠一样，毛皮稀疏得和一条脱了鳞的鱼相似。但在火光里面，它已像增强了美丽，它活泼。它竖起来的和耗子一般的耳朵也透着明。

炉门闭起来了，灯光增添了它的强度。当她坐下来，把披肩整理好，又要谈下去的时候，小狗在窗台上撕扯着窗帘的角落……

她说到“宫廷”，说到“尼古拉”，她说到一些华贵的事物上去的时节，她的两臂都完全分张开，好像要在空中去环抱她所讲的一切。并且椅子也唧唧吱吱的响了起来。

“我吗！我此刻不算什么生活了，俄罗斯，我敢相信，俄罗斯的奴仆也没有像我这样过活的……贵人完全破坏得一点也不存在了……贵人完全被他们赶到中国和别的国去了……好生活，哪里还有好生活？俄罗斯的伟大消灭了……”这时候她拾了一块饼干伏在手掌上，她眼睛黑色的睫毛很快地闪合了一下，嘴唇好像波浪似的开始荡动：“你见过吗？这叫饼干，这是什么饼干呢？狗也怕不想吃这东西……”

于是她把她手掌上的小硬块向着那袋鼠一样的狗掷了过去。果然在玻璃窗上发出一声相撞的响声，狗的牙齿开始和饼干接触着，好像开始和什么骨类接触着似的。

“姑娘，你知道，这不是俄罗斯的狗，俄罗斯没有这样下贱的狗，从前我是养过的，只吃肉和汤，其余什么也不吃，面包也不吃……”

后来又谈到咖啡，又谈到跳舞……

她做着姿式，在颤抖的地板上她还打了几个旋风……

“俄罗斯的跳舞和俄罗斯的花边一样有名，是全世界顶有名的……”她坐了下来，好像她刚刚恢复了的青春又从她滑了下去，“可是关于花边，我要找几个学生，为的是生活，一点点的补助……你看，两个房子，我住在厨房里面，实在是小得可以……前几年我就教人做花边，可是慢慢少了下来……到现在简直没有人注意我……我来到中国十八年……不，十九年了，那年，我是二十二岁。刚结过婚……可是现在教花边了……是的……教花边了……”

窗子的上角，一颗星从帘子的缝际透了进来，她去把帘子舒展了一次。她说："这不是俄罗斯的星光，请不要照我……"她摇着头，她的大耳环在她很细的颈部荡了几下，于是她伸出去那青白的手把那颗星光遮掩了起来。

我走出这俄罗斯式的家屋的时候，那黑色的非洲狗向我叫了几声。

"姑娘！花边……有什么人要学花边，请介绍一下……"

我想起了，我的朋友说过，她的房东是旧俄时代一个将军的女儿。

于是我们说着再见。我向街道走去，她却关了门。隔着门，我听她大声唤着：

"格宾克！格宾克！"这大概是那非洲狗的名字。

一九三六年一月七日

亚　丽

一

已经黄昏了，我从外面回来，身子感觉得一些疲倦。很匆匆地走进自己的房里，脱掉外衣，伸了个懒腰即刻就躺在床上去了。

同屋的那女人尖喉的咆哮是那么有力量地窜入脑袋，很快的，没有头绪的烦闷在混乱地动摇了。“这男人是只怕再找不出的老实……”脑袋中浮起了一个懦怯的中年人的影子——蓬着的头，黄瘦的脸，两手放在裤子口袋里来回地拖着颓唐的脚步，沉默着，犹如他的喉咙给软木塞塞住了似的。

“没用的东西，原来你们的性根就是如此的，哼……”这泼辣的教训，谁不相信是责骂着他的儿子？这女人的生疏的中国话的声音是那么做着的勉强，听着时正如听齿子磨着齿子地令人难过。

独自埋身在寂寞里，思想无涯岸地展开着。

忽然亚丽的影子闪入眼中，我惊奇地跳了起来。

亚丽——老实的中年人的女儿，一个谧静美的可爱的姑娘，两块醉人的红色的面颊，常常是带着不可捉摸的神秘的感伤，低着头，美丽的眼睛常常呆呆凝视着地上的灰尘。

亚丽站在我的面前犹如古庙的神女的塑像，她的脸上挂上泪珠，这美感悲哀折毁我忐忑的心灵破破碎碎。

“什么事，亚丽，不是……”我战颤地问她。

她的手冰冷，她的脸渐变为苍白。她呆痴地如给魔鬼抓着了喉咙，然而，很机警地望望门外，她想走可又站住了，像在思索……

“我们明天搬家……”声音如钢锯的颤动。

这消息毁坏了我的脑袋，我木鸡似的呆住。

那泼悍的声音呼唤着亚丽，她犹豫地不安地站着，突然地，如猛醒过来惊慌地跑出去了。

二

亚丽他们搬出去了整整的有一个星期。星期六的傍晚，亚丽来拜访我了，那力量给与了我生活的安慰，并不是一种普通的诱惑。

阳光忧郁地懒懒地射进窗子，清凉的微风殷殷地带来了黄昏的悲哀的暮气。

亚丽默默地低着头，几天来她的脸毕竟给与苍白毁灭了。然而，这愈增加了她的美丽——她动人心的感伤。虽然，我与她仅只同屋二月，平时极少交谈，也许正因此我们心里的感触是那老练的透明。

我爱亚丽的天赋的感伤，我爱她温柔的沉默；我们静静地默坐，犹如我们在欣赏几首悲哀的豪雄的大力的生活之赞美诗，我们中间永不会给与寂寞来进攻。

一只鸟在窗前掠过去，风飘着一片落叶。

夜幕慢慢伸展开来。

“飞鸟的生涯是美丽的，落叶又为什么给风飘着呢？”亚丽望着窗外缓缓地说，这是感伤的季节哟！

“我们为什么不是飞鸟呢？……”我感动地说着。

“精神在灵魂内会掘发出世界窄隘，简陋，寥寂，悲感。精神内才会埋伏着愤怒与力量；人生……”她的声音如同祈祷，如同背诵着美丽的诗句。

“亚丽！……”我疑惑着那泼辣的异国女人会生出亚丽，我失声地叫了出来，接着很犹豫地问：

“你的故乡是什么地方呢？……”

亚丽失常地凝视着我，她没有回答，慢慢地她掉下泪来，她面上的伤感简直将我撕成碎片。

“亚丽！……你太伤感了！你要知道眼泪与悲哀毫无裨益，于生活是一种可恶的障碍……”

黑暗薄薄地笼罩了大地，夜已拖着轻快的步履。

亚丽走啦！我第一次握着她的手，我的心如同受伤的小兔在喘息与惊恐。

三

因为住在这房子里有种种不方便，我终究是搬了家。

虽然我已经找人暗暗地将我的新住址通知了亚丽，然而她已有一月未曾到我这里来！

每天的黄昏，我痛苦地等待着；焦灼，烦闷，恐惧，怀念，照例地来将我残酷的袭击；我费了极大的力量来抑制一切；这样，我的脑袋里才慢慢地淡了下来。

然而，一个美丽的影子在某时仍旧有大的魔力。

一个星期日的中午，我正在甜蜜的午睡，突然给肥胖的房东叫醒——她有极小的脚，走起路来好像一只母鸭。

我擦着惺忪的睡眼，跑出去接见来访客人，这给与我可怕的惊异——天知道！美丽的亚丽瘦得几乎使我都不认识了，她的面色苍白得如一张白纸，眼睛红红地肿了起来，黑色的头发在秋风里非常零乱，态度颓唐，而悲哀正如一只在战场受了伤的骏马！我几乎感动得流下泪来。

“你怎样呀，亚丽！”

“这没有什么的，请你不要担心，同时这与我毫无关系，因为我的心始终如一……”她咳嗽了几声，泪水很明显地在眼眶内打转。

“我极纯洁地爱着你，然而我更爱着我的前途的光明，我为了要追求生活的力量。为了精神的美丽与安宁，为了所有的我的可怜的人们，我得张开我的翅膀，我得牺牲我的私见，请你不要怀疑，我以灵魂保护着你，爱护着你，我要去了！……请你将那信接着。”她的声音悲痛地颤栗着，然而她的灵魂表现得很安定，精神犹如战场的勇士，热血在她细微的血管中将膨胀得破裂而流出……

亚丽果然地去了，我木鸡似的立在门口好半天。

一叶信纸里几十个有力的字使得我流泪了，我坚硬的黑发……

信上是：“好朋友，请不要惊奇，我的故乡是可怜的朝鲜，我的慈母如今仍旧住在那里；我的父亲是最激烈的×××，他被强迫与这凶狠的女人结了婚，又被逐在中国。现在他已由这毒恶的妇人宣布了秘密被捉而不知生死，然而他的灵魂是高超的。我费尽了力气逃出了黑暗的地狱，无论如何我的血要在我自己的国土上去洒泼……”

女子装饰的心理

装饰本来不仅限于女子一方面的，古代氏族的社会，男子的装饰不但极讲究，且更较女子而过。古代一切狩猎氏族，他们的装饰较衣服更为华丽，他们甘愿裸体，但对于装饰不肯忽视。所以装饰之于原始人，正如现在衣服之于我们一样重要。现在我们先讲讲原始人的装饰，然后由此推知女子装饰之由来。

原始人的装饰有两种，一种是固定的为黥创文身，穿耳，穿鼻，穿唇等；一种是活动的，就是连系在身体上暂时应用的，如带缨、钮子这类，他们装饰的颜色主要的是红色，他们身上的涂彩多半以赤色条绘饰，因为血是红的，红色表示热烈，具有高度的兴奋力。就是很多的动物，对于赤色，也和人类一样容易感觉，有强烈的情绪的连系。其次是黄色，也有相当的美感，也为原始人所采用，再是白色和黑色，但较少采用。他们装饰所选用的颜色，颇受他们的皮肤的颜色所影响，如白色和赤色对于黑色的澳洲人颇为采用，他们所采用的颜色是要与他们皮肤的颜色有截然分别的。

至于原始人对于装饰的观念怎样呢？他们究竟为什么要装

饰？又为什么要这样装饰呢？这就谈到了他们装饰的心理问题了。

我们大概会惊异于他们这种重视装饰的心理罢，如黥身是他们身体装饰中最痛苦的，用刀或铁箭在身上刺成各种花纹，有的且刺满全身，他们竟于忍受痛苦而为其人的勇敢毅力的表示。而这种忍受，大都是为了装饰美观，极少含有其他作用。少年男女到了相当年龄，便执行着这种苦刑，而以为荣。以为假如身上没能刺刻着花纹，则将来很难找到爱侣。至于活动的装饰，如各种环缨之类的佩戴物，则一方表示他们勇敢善战，不懦怯，一方面是引起异性的爱悦，因为他们都以勇敢善斗为荣。身上所佩戴的许多珍贵的装饰物，表示他们的富有，是以勇敢夺得或猎取来的。总之，原始人装饰的用意，一方是引起异性爱悦，一方是引起他人的敬畏。事实上，各种装饰是兼具此两种意义的，这实在是生存竞争中不可少和有效的工具。由这些情形看来，在原始社会中男子的装饰较女子讲究，也是因为原始社会的人民，没有确定的婚姻制度，无恒久的配偶，而女子在任何情形中都有结婚的机会，男子要得到伴侣，比较困难，故必须用种种手段以满足其欲望。

但在文明社会中，男女关系与此完全相反，男子处处站在优越地位，社会上一切法律权利都握在男子手中，女子全居于被动地位。虽然近年来有男女平等的法律，但在父权制度之下，女子仍然是被动的。因此，男子可以行动自由，女子至少要受相当的约制。这样一来，女子为达到其获得伴侣的欲望，因此也要借种种手段以取悦异性了。这种手段，便是装饰。

装饰主要的用意，大都是一方以取悦于男性，一方足以表示自己的高贵。脸上敷着白粉、红脂、口红、蔻丹等。刚才说过红色是原始人用作装饰的主要颜色，红白相称特别鲜明，不独引人注目，亦以表示其不亲劳动的身份。故牙齿既然是白的，口唇必须涂红。西洋妇女脸上涂桔黄色的粉，这是表示他们的富有，因为夏天海滨避暑为海风吹拂脸颊成黄色。白色最能显示脸部和身体的轮廓，原始人跳舞往往在夜间昏昏的灯光和月色之下，用白色把身体涂成条纹，使身体轮廓显明，易为人注目。妇女用红白二色饰脸部，也是利用其颜色鲜明，且红色其热烈性，易使人感动。中国少女结婚时多穿红衣红裙，大概不外这个意义。

女子装饰亦随社会习惯而变迁。昔人的观念，以柔弱娇小为美，故女子束腰裹脚之风盛行，有“楚王好细腰，宫中多饿死”者的惨事。近来体育发达，国人观念改变，重健康，好运动，女子以体格壮健肤色红黑为美。现在一班新进的女子，大都不饰脂粉，以太阳光下的红黑色肤色的天然风致为美了。黑色太阳镜之盛行，不外表示其常常外出的习惯而已。

第三辑

中心或边缘

谁是那旧的骨架？是“五四”。谁是那骨架的灵魂？是我们，是新“五四”！

骨架与灵魂

“五四”时代又来了。

在我们这块国土上，过了多么悲苦的日子。一切在绕着圈子，好像鬼打墙，东走走，西走走，而究竟是一步没有向前进。

我们离开了“五四”，已经二十多年了。凡是到了这日子，做文章的做文章、行仪式的行仪式，就好像一个拜他那英勇的祖先那样。

可是到了今天，已经拜了二十多年，可没有想到，自己还要拿起刀枪来，照样地来演一遍。

这是始终不能想到的，而死的偶像又拜活了，把那在墓地里睡了多年的骨架，又装起灵魂来。

谁是那旧的骨架？是“五四”。谁是那骨架的灵魂？是我们，是新“五四”！

天空的点缀

用了我有点苍白的手，卷起纱窗来，在那灰色的云的后面，我看不到我所要看的东西（这东西是常常见的，但它们真的载着炮弹飞起来的时候，这在我还是生疏的事情，也还是理想着的事情）。正在我踌躇的时候，我看见了，那飞机的翅子好像不是和平常的飞机的翅子一样（它们有大的也有小的）好像还带着轮子，飞得很慢，只在云彩的缝际出现了一下，云彩又赶上来把它遮没了。不，那不是一只，那是两只，以后又来了几只。它们都是银白色的，并且又都叫着呜呜的声音，它们每个都在叫着吗？这个，我分不清楚。或者它们每个在叫着的，节拍像唱歌的，是有一定的调子，也或者那在云幕当中撒下来的声音就是一片。好像在夜里听着海涛的声音似的，那就是一片了。

过去了！过去了！心也有点平静下来。午饭时用过的家具，我要去洗一洗。刚一经过走廊，又被我看见了，又是两只。这次是在南边，前面一个，后面一个，银白色的，远看有点发黑，于是我听到了我的邻家在说：

“这是去轰炸虹桥飞机场。”

我只知道这是下午两点钟，从昨夜就开始的这战争。至于飞机我就不能够分别了，日本的呢？还是中国的呢？大概是日本的吧！因为是从北边来的，到南边去的，战地是在北边中国虹桥飞机场是真的，于是我又起了很多想头：是日本打胜了吧！所以安闲地去炸中国的后方，是……一定是，那么这是很坏的事情，他们没止境的屠杀，一定要像大风里的火焰似的那么没有止境……

很快我批驳了我自己的这念头，很快我就被我这没有把握的不正确的热望压倒了，中国，一定是中国占着一点胜利，日本遭了些挫伤。假若是日本占着优势，他一定要冲过了中国的阵地而追上去，哪里有工夫用飞机来这边扩大战线呢？

风很大，在游廊上，我拿在手里的家具，感到了点沉重而动摇，一个小白铝锅的盖子，啪啦啪啦地掉下来了，并且在游廊上啪啦啪啦地跑着，我追住了它，就带着它到厨房去。

至于飞机上的炸弹，落了还是没落呢？我看不见，而且我也听不见，因为东北方面和西北方面炮弹都在开裂着。甚至于那炮弹真正从哪方面出发，因着回音的关系，我也说不定了。

但那飞机的奇怪的翅子，我是看见了的，我是含着眼泪而看着它们，不，我若真的含着眼泪而看着它们，那就相同遇到了魔鬼而想教导魔鬼那般没有道理。

但在我的窗外，飞着，飞着，飞去又飞来了的，飞得那么高，好像有一分钟那飞机也没离开我的窗口。因为灰色的云层的掠过，真切了，朦胧了，消失了，又出现了，一个来了，一个又来了。看着这些东西，实在的我的胸口有些疼痛。

一个钟头看着这样我从来没有看过的天空，看得疲乏了，于是，我看着桌上的台灯，台灯的绿色的伞罩上还画着菊花，又看到了箱子上散乱的衣裳，平日弹着的六条弦的大琴，依旧是站在墙角上。一样，什么都是和平常一样，只有窗外的云，和平日有点不一样，还有桌上的短刀和平日有点不一样，紫檀色的刀柄上镶着两块黄铜，而且不装在红牛皮色的套子里。对于它我看了又看，我相信我自己绝不是拿着这短刀而赴前线。

一九三七年八月十四日

火线外（二章）

窗边

M站在窗口，他的白色的裤带上的环子发着一点小亮，而他前额上的头发和脸就压在窗框上，就这样，很久很久地。同时那机关枪的声音似乎紧急了，一排一排地爆发，一阵一阵地裂散着，好像听到了在大火中坍下来的家屋。

“这是哪方面的机关枪呢？”

“这枪一开……在电影上我看见过，人就一排一排地倒下去……”

“这不是吗……炮也响了……”

我在地上走着，就这样散散杂杂地问着M，而他回答我的却很少。

“这大概是日本方面的机关枪，因为今夜他们的援军必要上岸，也许这是在抢岸……也许……”

他说第二个“也许”的时候，我明白了这“也许”一定是他又复现了他曾做过军人的经验。

于是那在街上我所看到的伤兵，又完全遮没了我的视线；他们在搬运货物的汽车上，汽车的四周插着绿草，车在跑着的时候，那红十字旗在车厢上火苗似地跳动着。那车沿着金神父路向南去了。远处有一个白色的救急车厢上画着一个很大的红十字，就在那地方，那飘蓬着的伤兵车停下，行路的人是跟着拥了去。那车子只停了一下，又倒退着回来了。退到最接近的路口，向着一个与金神父路交叉着的街开去，这条街就是莫利哀路。这时候我也正来到了莫利哀路，在行人道上走着。那插着草的载重车，就停在我的前面，那是一个医院，门前挂着红十字的牌匾。

两个穿着黑色云纱大衫的女子跳下车来。她们一定是临时救护员，臂上包着红十字。这时候，我就走近了。

跟着那女救护员，就有一个手按着胸口的士兵站起来了，大概他是受的轻伤，全身没有血痕，只是脸色特别白。还有一个，他的腿部扎着白色的绷带，还有一个很直地躺在车板上，而他的手就和虫子的脚爪般攀住了树木那样紧抓着车厢的板条。

这部车子载着七八个伤兵，其中有一个，他绿色的军衣在肩头染着血的部分好像被水浸着那么湿，但他也站起来了，他用另一只健康的手去扶着别的一只受伤的手。

女救护员爬上车来了，我想一定是这医院已经人满，不能再收的缘故。所以这载重车又动摇着，响着，倒退着，冲开着围观的人，又向金神父路退去。就是那肩头受伤的人，他也从原来的地方坐下去。

他们的脸色有的是黑的，有的是白的，有的是黄色的，除掉这个，从他们什么也得不到，呼叫，哼声，一点也没有，好像正在受着创痛的不是人类，不是动物……静静的；静得好像是一棵树木。

人们拥挤着招呼着，抱着孩子，拖着拖鞋，使我感到了人们就像在看“出大差”那种热闹的感觉。

停在我们脚尖前面的这飘蓬的人类，是应该受着无限深沉的致敬的呀！

于是第二部插着绿草的汽车也来到了，就在人们拥挤围观的当中，两部车子一起退去了。

M的腰间仍旧是闪着那带子上的一点小亮，那困恼的头发仍旧是切在窗子的边上。宁静，这深夜的宁静，微风也不来摆动这桌子上的书篇……只在那北方枪炮的世界中，高冲起来的火光中，把M的头部烘托出来一个圆大沉重而安宁的黑影在窗子上。

我想他也和我一样，战争是要战争的，而枪声是并不可爱的。

八月十七日

小生命和战士

“你看那兵士腰间的刀子，总有点凶残的意味，可是他也爱那么小的孩子。”我这样小声地把嘴唇接近着L的耳边。

其实渡轮正在进行中的声音，也绝对使那兵士不会听到我的话语的。

其中第一个被我注意的，不是那个抱着孩子的，而是另外的一个，他一走上来，就停在船栏的旁边。他那么小，使我立刻想到了小老鼠。两颊从颧骨以下是完全陷下来的，因此嘴有点突出。耳朵在帽子的边下，显得贫薄和孤独，和那过大的帽遮一样，对于他都起着一种不配称的感觉。从帽遮我一直望到他黑色的胶底鞋，左手上受了伤，被一条挂在颈间的白布带吊在胸前，他穿着特为伤兵们赶制的过大的棉背心，而这件棉背心就把他装饰成一只小甲虫似的站在那里。等另外两个兵士走近前来的时候，他就让开了。

这两个之中的一个，在我看来是个军官，他并不怎样瘦，有点高大，他受伤的也是左手，同样被一只带子吊在胸前。在他慢慢地踱着的时候，那黑色皮鞋的后半部不时地被黄呢裤的边口埋没着。当他同另外的一个讲话的时候，那空着的，垂在左肩的军中黄呢上衣的袖子，显得过于多余地在摆荡——因为他隔一会就要抬一抬左肩的缘故。

我所说的挂着刀的兵士，始终没有给我看到他的正面，因为那受伤的军官和他谈话总是对立着，我所能看到的是他脚上的刺刀针，腰间的短刀，他的腰和肩都宽而且圆。那在怀中的孩子时时想要哭，于是他很小心地摇着他，把那包着孩子的军外套隔一会拉一拉，或是包紧一点。

不知为什么，我看他好像无论怎样也不能完全忘掉他腰边的短刀，孩子一安静下来，他的左手总是反背过来压在刀柄上。

渡轮走近一个停在江心的货船旁边的时候，因为那船完全熄了灯火，所以好像一座小城似的黑黑地睡在江心上，起重机上还有一个大皮囊似的东西高悬着。

我是背着锅炉站着的，背后的温暖已经增加到不能忍耐的程度，所以我稍稍离开一点，可是我的背后仍接近着温暖，而我的胸前却向着寒凉的江水。

那军官的烟火照红了他过高的鼻子，而后轻轻地好像从指尖上把它一弹，那烟火就掠过了船栏而向着月下的江水奔去了。

我一转身就看到了那第一个被我注意的伤兵就站在我的旁边，似乎在这船上并没有他的同伴，他带着衰弱或疲乏的样子在望着江水。他好像在寻找什么，也好像他要细听一听什么，或者不是，或者他的心思完全系在那只吊在胸前的左手上。

前边就是黄鹤楼，在停船之前，人们有的从座位上站起来，有的在移动着，船身和码头所激起来的水声，很响的在击撞着。即使那士兵的短刀的环子碰击得再响亮一点，我也不能听到，只有想象着：那紧贴在兵士胸前的孩子的心跳和那兵士的心跳，是不是他们彼此能够听到？

十月二十二日

一条铁路底完成

一九二八年的故事，这故事，我讲了好几次。而每当我读了一节关于学生运动记载的文章之后，我就想起那年在哈尔滨的学生运动，那时候我是一个女子中学里的学生，是开始接近冬天的季节。我们是在二层楼上有着壁炉的课室里面读着英文课本。因为窗子是装着双重玻璃，起初使我们听到的声音是从那小小的通气窗传进来的。英文教员在写着一个英文字，他回一回头，他看一看我们，可是接着又写下去，一个字终于没有写完，外边的声音就大了，玻璃窗子好像在雨天里被雷声在抖着似的那么轰响。短板墙以外的石头道上在呼叫着的，有那许多人，我从来没有见过，使我想象到军队，又想象到马群，又想象到波浪……总之对于这个我有点害怕。校门前跑着拿长棒的童子军，而后他们冲进了教员室，冲进了校长室，等我们全体走下楼梯的时候，我听到校长室里在闹着。这件事情一点也不光荣，使我以后见到男学生们总带着对不住或软弱的心情。

“你不放你的学生出动吗？……我们就是钢铁，我们就是熔炉……”跟着听到有木棒打在门扇上或是地板上，那乱糟糟的鞋底的响声。这一切好像有一场大事件就等待着发生，于是有一种庄严而宽宏的情绪高涨在我们的血管里。

“走！跟着走！”大概那是领袖，他的左边的袖子上围着一圈白布，没有戴帽子，从楼梯向上望着，我看他们快要变成播音机了：“走！跟着走！”

而后又看到了女校长的发青的脸，她的眼和星子似的闪动在她的恐惧中。

“你们跟着去吧！要守秩序！”她好像被鹰类捉拿到的鸡似的软弱，她是被拖在两个戴大帽子的童子军的臂膀上。

我们四百多人在大操场上排着队的时候，那些男同学们还满院子跑着，搜索着，好像对于小偷那种形式，侮辱！侮辱！他们竟搜索到厕所。

女校长那混蛋，刚一脱离了童子军的臂膀，她又恢复了那假装着女皇的架子。

“你们跟他们去，要守秩序，不能破格……不能和那些男学生们那样没有教养，那么野蛮……”而后她抬起一只袖子来，“你们知道你们是女学生吗？记得住吗？是女学生。”

在男学生们的面前，她又说了那样的话，可是一出校门不远，连对这侮辱的愤怒都忘记了。向着喇嘛台，向着火车站。小学校，中学校，大学校，几千人的行列……那时我觉得我是在这几千人之中，我觉得我的脚步很有力。凡是我看到的东西，已经都变成了严肃的东西，无论马路上的石子，或是那已经落了叶子的街树。反正我是站在“打倒日本帝国主义”的喊声中了。

走向火车站必得经过日本领事馆。我们正向着那座红楼咆哮着的时候，一个穿和服的女人打开走廊的门扇而出现在闪烁的阳光里。于是那“打倒日本帝国主义”的大叫改为“就打倒你”！她立刻就把身子抽回去了。那座红楼完全停在寂静中，只是楼顶上的太阳旗被风在折合着。走在石头道街又碰到了一个日本女子，她背上背着一个小孩，腰间束了一条小白围裙，围裙上还带着花边，手中提着一棵大白菜。我们又照样做了，不说“打倒日本帝国主义”而说“就打倒你”！因为她是走在马路的旁边，我们就用手指着她而喊着。另一方面，我们又用自己光荣的情绪去体会她狼狈的样子。

第一天叫做“游行”、“请愿”，道里和南岗去了两部分市区。这市区有点像租界，住民多是外国人。

长官公署、教育厅都去过了，只是“官们”出来拍手击掌地演了一篇说，结果还是：“回学校去上课罢！”

日本要完成吉敦路这件事情，究竟“官们”没有提到。

在黄昏里，大队分散在道尹公署的门前，在那个孤立着的灰色的建筑物前面，装置着一个大圆的类似喷水池的东西。有一些同学就坐在那边沿上，一直坐到星子们在那建筑物的顶上闪亮了，那个“道尹”究竟还没有出来，只看见卫兵在台阶上，在我们的四围挂着短枪来回地在戒备着。而我们则流着鼻涕，全身打着抖在等候着。到底出来了一个姨太太，那声音我们一点也听不见。男同学们跺着脚，并且叫着，在我听来已经有点野蛮了：

“不要她……去……去……只有官僚才要她……”

接着又换了个大太太（谁知道是什么，反正是个老一点的），不甚胖，有点短。至于说些什么，恐怕也只有她自己的圆肚子才能够听到。这还不算什么惨事，我一回头看见了有几个女同学尿了裤子的（因为一整天没有遇到厕所的原故）。

第二天没有男同学来攫，是自动出发的，在南岗下许公路的大空场子上开的临时会议，这一天不是“游行”，不是“请愿”而要“示威”了。脚踏车队在空场四周绕行着，学生联合会的主席是个很大的脑袋的人，也没有戴帽子，只戴了一架眼镜。那天是个落着清雪的天气，他的头发在雪花里边飞着。他说的话使我很佩服，因为我从来没有晓得日本还与我们有这样大的关系，他说日本若完成了吉敦路可以向东三省进兵，他又说又经过高丽又经过什么……并且又听他说进兵进得那样快，也不是二十几小时？就可以把多少大兵向我们的东三省开来，就可以灭我们的东三省。我觉得他真有学问，由于崇敬的关系，我觉得这学联主席与我隔得好像大海那么远。

组织宣传队的时候，我站过去，我说我愿意宣传。别人都是被推举的，而我是自告奋勇的。于是我就站在雪花里开始读着我已经得到的传单。而后有人发给我一张小旗，过一会又有人来在我的胳膊上用扣针给我别上条白布，那上面还卡着红色的印章，究竟那红印章是什么字，我也没有看出来。

大队开到差不多是许公路的最终极，一转弯一个横街里去，那就是滨江县的管界。因为这界限内住的纯粹是中国人，和上海的华界差不多。宣传队走在大队的中间，我们前面的人已经站住了，并且那条横街口站着不少的警察，学联代表们在大队的旁边跑来跑去。昨天晚上他们就说："冲！冲！"我想这回就真的到了冲的时候了吧？

学联会的主席从我们的旁边经过，他手里提着一个银白色的大喇叭筒，他的嘴接到喇叭筒的口上，发出来的声音好像牛鸣似的：

"诸位同学！我们是不是有血的动物？我们愿不愿意我们的老百姓给日本帝国主义做奴才……"而后他跳着，因为激动，他把喇叭筒像是在向着天空，"我们有决心没有？我们怕不怕死？"

"不怕！"虽然我和别人一样地嚷着不怕，但我对这新的一刻工夫就要来到的感觉好像一棵嫩芽似的握在我的手中。

那喇叭的声音到队尾去了，虽然已经遥远了，但还是能够震动我的心脏。我低下头去看着我自己的被踏污了的鞋尖，我看着我身旁的那条阴沟，我整理着我的帽子，我摸摸那帽顶的毛球。没有束围巾，也没有穿外套。对于这个给我生了一种侥幸的心情！

"冲的时候，这样轻便不是可以飞上去了吗？"昨天计划今天是要“冲”的，但不知为什么，我总觉得我有点特别聪明。

大喇叭筒跑到前面去时，我就闪开了那冒着白色泡沫的阴沟，我知道“冲”的时候就到了。

我只感到我的心脏在受着拥挤，好像我的脚跟并没有离开地面而自然它就会移动似的。我的耳边闹着许多种声音，那声音并不大，也不远，也不响亮，可觉得沉重，带来了压力，好像皮球被穿了一个小洞嘶嘶的在透着气似的，我对我自己毫没有把握。

“有决心没有？”

“有决心！”

“怕死不怕死？”

“不怕死。”

这还没有反复完，我们就退下来了。因为是听到了枪声，起初是一两声，而后是接连着。大队已经完全溃乱下来，只一秒钟，我们旁边那阴沟里，好像猪似的浮游着一些人。女同学被拥挤进去的最多，男同学在往岸上提着她们，被提的她们满身带着泡沫和气味，她们那发疯的样子很可笑，用那挂着白沫和糟粕的戴着手套的手搔着头发，还有的像已经癫痫的人似的，她在人群中不停地跑着：那被她擦过的人们，他们的衣服上就印着各种不同的花印。

大队又重新收拾起来，又发着号令，可是枪声又响了，对于枪声，人们像是看到了火花似的那么热烈。至于“打倒日本帝国主义”，“反对日本完成吉敦路”这事情的本身已经被人们忘记了，惟一所要打倒的就是滨江县政府。到后来连县政府也忘记了，只“打倒警察；打倒警察……”这一场斗争到后来我觉得比一开头还有趣味。在那时，“日本帝国主义”，我相信我绝对没有见过，但是警察我是见过的，于是我就嚷着：

“打倒警察，打倒警察！”

我手中的传单，我都顺着风让它们飘走了，只带着一张小白旗和自己的喉咙从那零散下来的人缝中穿过去。

那天受轻伤的共有二十几个。我所看到的只是从他们的身上流下来的血还凝结在石头道上。

满街开起电灯的夜晚，我在马车和货车的轮声里追着我们本校回去的队伍，但没有赶上。我就拿着那卷起来的小旗走在行人道上，我的影子混杂着别人的影子一起出现在商店的玻璃窗上。我每走一步，我看到了玻璃窗里我帽顶的毛球也在颤动一下。

男同学们偶尔从我的身边经过，我听到他们关于受伤的议论和救急车。

第二天的报纸上躺着那些受伤的同学们的照片，好像现在的报纸上躺的伤兵一样。

以后，那条铁路到底完成了。

一九三七年十一月二十七日，汉口

一九二九年底愚昧

前一篇文章已经说过，一九二八年为着吉敦路的叫喊，我也叫喊过了。接着就是一九二九年。于是根据着那第一次的经验，我感觉到又是光荣的任务降落到我的头上来。

这是一次佩花大会，进行得很顺利，学校当局并没有加以阻止，而且那个白脸的女校长在我们用绒线剪作着小花朵的时候，她还跑过来站在旁边指导着我们。一大堆蓝色的盾牌完全整理好了的时候，是佩花大会的前一夜。楼窗下的石头道上落着那么厚的雪。一些外国人家的小房和房子旁边的枯树都膨胀圆了，那笨重而粗钝的轮廓就和穿得饱满的孩子一样臃肿。我背着远近的从各种颜色的窗帘透出来的灯光，而看着这些盾牌。盾牌上插着那些蓝色的小花，因着密度的关系，它们一个压着一个几乎是连成了排。那小小的黄色的花心蹲在蓝色花中央，好像小金点，又像小铜钉……

这不用说，对于我，我只盼想着明天，但是这一夜把我和明天隔离着，我是跳不过去的，还只得回到宿舍去睡觉。

这一次的佩花，我还对中国人起着不少的悲哀，他们差不多是绝对不肯佩上。有的已经为他们插在衣襟上了，他们又动手自己把它拔下来，他们一点礼节也不讲究，简直是蛮人！把花差不多是捏扁，弄得花心几乎是看不见了。结果不独整元的，竟连一枚铜板也看不见贴在他们的手心上。这一天，我是带着愤怒的，但也跑得最快，我们一小队的其余的三个人，常常是和我脱离开。

我的手套跑丢了一只，围巾上结着冰花，因为眼泪和鼻涕随时地流，想用手帕来揩擦，在这样的时候，在我是绝对顾不到的。等我的头顶在冒着气的时候，我们的那一小队的人说：

“你太热心啦，你看你的帽子已经被汗湿透啦！”

自己也觉得，我大概像是厨房里烤在炉旁的一张抹布那么冒气了吧？但还觉得不够。什么不够呢？那时候是不能够分析的。现在我想，一定是1928年游行和示威的时候，喊着“打倒日本帝国主义”，而这回只是给别人插了一朵小花而没有喊“帝国主义”的缘故。

我们这一小队是两个男同学和两个女同学。男同学是第三中学的，一个大个，一个小个。那个小个的，在我看来，他的鼻子有点发歪。另一个女同学是我的同班，她胖，她笨，穿了一件闪亮的黑皮大衣，走起路来和鸭子似的，只是鸭子没有全黑的。等到急的时候，我又看她像一只猪。

“来呀！快点呀，好多，好多……”我几乎要说：好多买卖让你们给耽误了。

等他们跑上来，我把已经打成绉折，卷成一团的一元一元的钞票舒展开，放进用铁皮做的小箱子里去。那小箱子是在那个大个的男同学的胸前。小箱子一边接受这钞票，一边不安的在滚动。

“这是外国人的钱……这些完全是……是俄国人的……”往下我没有说，“外国人，外国人多么好哇，他们捐了钱去打他们本国为着‘正义’！”

我走在行人道上，我的鞋底起着很高的冰锥，为着去追赶那个胖得好像行走的鸵鸟似的俄国老太婆。我几乎有几次要滑倒，等我把钱接过来，她已经走得很远，我还站在那里看着她帽子上插着的那棵颤抖着的大鸟毛，说不出是多么感激和多么佩服那黑色皮夹子因为开关而起的响声，那脸上因着微笑而起的皱折。那蓝色带着黄心的小花恰恰是插在她外衣的左领边上，而且还是我插的。不由得把自己也就高傲了起来。对于我们那小队的其余三个人，于是我就带着绝顶的侮蔑的眼光回头看着他们。他们是离得那么远，他们向我走来的时候，并不跑，而还是慢慢地走，他们对于国家这样缺乏热情，使我实在没有理由把他们看成我的“同志”。他们称赞着我，说我热情，说我勇敢，说我最爱国。但我并不能够因为这个，使我的心对他们宽容一点。

“打苏联，打苏联……”这话就是这么简单，在我觉得十分不够，想要给添上一个“帝国主义”吧，但是从学联会发下来的就没有这一个口号。

那么，苏联为什么就应该打呢？又不是帝国主义。

这个我没有思索过，虽然这中苏事件的一开端我就亲眼看过。

苏联大使馆被检查，这事情的发生是六月或者是七月。夜晚并不热，我只记住天空是很黑的，对面跑来的马车，因为感觉上凉爽的关系，车夫台两边挂着的灯头就像发现在秋天树林子里的灯火一样。我们这女子中学每晚在九点钟的时候，有一百人以上的脚步必须经过大直街的东段跑到吉林街去。我们的宿舍就在和大直街交叉着的那条吉林街上。

苏联大使馆也在吉林街上，隔着一条马路和我们的宿舍斜对着。

这天晚上，我们走到吉林街口就被拦住了。手电灯晃在这条街上，双轮的小卡车靠着街口停着好几辆，行人必得经过检查才能够通过。我们是经过了交涉才通过的。

苏联大使馆门前的卫兵没有了，从门口穿来穿往的人们，手中都拿着手电灯，他们行走得非常机械，忙乱的，不留心的用手电灯四处照着，以致行人道上的短杨树的叶子的闪光和玻璃似的一阵一阵的出现。大使馆楼顶那个圆形的里边闪着几个外国字母的电灯盘不见了，黑沉沉的楼顶上连红星旗子也看不见了，也许是被拔掉了。并且所有的楼窗好像埋下地窖那么昏黑。

关于苏联或者就叫俄国吧，虽然我的生地和它那么接近，但我怎么能够知道呢？我不知道。那还是在我小的时候，“买羌贴”，“买羌贴”，“羌贴”是旧俄的纸币（纸卢布）。邻居们买它，亲戚们也买它，而我的母亲好像买得最多。夜里她有时候不睡觉，一听门响，她就跑出去开门，而后就是那个老厨子咳嗽着，也许是提着用纱布做的，过年的时候挂在门前的红灯笼，在厨房里他用什么东西打着他鞋底上结着的冰锥。他和母亲说的是什么呢？微小得像什么也没有说。厨房好像并没有人，只是那些冰锥从鞋底打落下的声音。我能够听得到，有时候他就把红灯笼也提进内房来，站在炕沿旁边的小箱子上，母亲赶快就去装一袋烟，母亲从来对于老厨子没有这样做过。不止装烟，我还看见了给他烫酒，给他切了几片腊肉放在小碟心里。老厨子一边吃着腊肉，一边上唇的胡子流着水珠，母亲赶快在旁边拿了一块方手巾给他。我认识那方手巾就是我的。而后母亲说：

“天冷啊！三九天有胡子的年纪出门就是这手不容易。”

这一句话高于方才他们所说的那一大些话。什么“行市”啦！“涨”啦！“落”啦！应该卖啦吧！这些话我不知为什么他们说得那么严重而低小。

家里这些日子在我觉得好像闹鬼一样，灶王爷的香炉里整夜的烧着香。母亲夜里起来，洗手洗脸，半夜她还去再烧一次。有的时候，她还小声一个人在说着话。我问她的时候，她就说吟的是《金刚经》。而那香火的气味满屋子都是。并且她和父亲吵架。父亲骂她“受穷等不到天亮”，母亲骂他“愚顽不灵”。因为买“羌贴”这件事情，父亲始终是不赞成的。父亲说：

“皇党和穷党是俄国的事情，谁胜谁败我们怎能够知道！”

而祖父就不那么说，他和老厨子一样：

“那穷党啊！那是个胡子头，马粪蛋不进粪缸，走到哪儿不也还是个臭？”

有一夜，那老厨子回来了，并没有打鞋底的冰锥，也没有说话。母亲和他在厨房里都像被消灭一样，而后我以为我是听到哭声，赶快爬起来去看，并没有谁在哭，是老厨子的鼻头流着清水的缘故。他的灯笼并不放下，拖得很低，几乎灯笼底就落在地上，好像随时他都要走。母亲和逃跑似的跑到内房来，她就把脸伏在我的小枕头上，我的小枕头就被母亲占据了一夜。

第二天他们都说“穷党”上台了。

所以这次佩花大会，我无论做得怎样吃力，也觉得我是没有中心思想。“苏联”就是“苏联”，它怎么就不是“帝国主义”呢？同时在我宣传的时候，就感到种种的困难。困难也照样做了。比方我向着一个“苦力”狂追过去，我拦断了他的行路，我把花给他，他不要，只是把几个铜板托在手心上，说：“先生，这花像我们做苦力的戴不得，我们这穿着，就是戴上也不好看，还是给别人去戴吧！”

还有比这个现在想起来使我脸皮更发烧的事情：我募捐竟募到了一分邮票和一盒火柴。那小烟纸店的老板无论如何摆脱不了我的缠绕之后，竟把一盒火柴摔在柜台上。火柴在柜台上花喇喇地滚到我的旁边，我立刻替国家感到一种侮辱。并不把火柴收起来，照旧向他讲演，接着又捐给我一分邮票。我虽然像一个叫化子似的被人接待着，但在精神上我相信是绝对高的。火柴没有要，邮票到底收了。

我们的女校，到后来竟公开地领导我们，把一个苏联的也不知道是什么“子弟学校”给占过来，做我们的宿舍。那真阔气，和席子纹一样的拼花地板，玻璃窗子好像商店的窗子那么明朗。

在那时节我读着辛克莱的《屠场》，本来非常苦闷，于是对于这本小说用了一百二十分的热情读下去的。在那么明朗的玻璃窗下读。因为起早到学校去读，路上时常遇到戒严期的兵士们的审问和刺刀的闪光。结果恰恰相反，这本小说和中苏战争同时启发着我，我是越启发越坏的。

正在那时候，就是佩花大会上我们同组那个小个的，鼻子有点发歪的男同学还给我来一封信，说我勇敢，说我可钦佩，这样的女子他从前没有见过。而后是要和我交朋友。那时候我想不出什么理由来，现在想：他和我原来是一样混蛋。

一九三七年十二月十三日

无 题

早晨一起来我就晓得我是住在湖边上了。

我对于这在雨天里的湖的感觉，虽然生疏，但并不像南方的朋友们到了北方，对于北方的风沙的迷漫，空气的干燥，大地的旷荡所起的那么不可动摇的厌恶和恐惧。由之于厌恶和恐惧，他们对于北方反而讴歌起来了。

沙土迷了他们的眼睛的时候，他们说："伟大的风沙啊！"黄河地带的土层遮漫了他们的视野的时候，他们说那是无边的使他们不能相信那也是大地。迎着风走去，大风塞住他们的呼吸的时候，他们说："这……这……这……"他们说不出来了，北方对于他们的讴歌也伟大到不能够容许了。

但，风一停住，他们的眼睛能够睁开的时候，他们仍旧是看，而嘴也就仍旧是说。

有一次我忽然感到是被侮辱着了，那位一路上对大风讴歌的朋友，一边擦着被风沙伤痛了的眼睛一边问着我：

"你们家乡那边就终年这样？"

"那里！那里！我们那边冬天是白雪，夏天是云、雨、蓝天和绿树……只是春天有几次大风，因为大风是季节的症候，所以人们也爱它。”是往山西去的路上，我就指着火车外边所有的黄土层，“在我们家乡那边都是平原，夏天是青的，冬天是白的，春天大地被太阳蒸发着，好像冒烟一样从冬天活过来了，而秋天收割。”

而我看他似乎不很注意听的样子。

“东北还有不被采伐的煤矿，还有大森林……所以日本人……”

“唔！唔！”他完全没有注意听，他的拜佩完全是对着风沙和黄土。

我想这对于北方的讴歌就像对于原始的大兽的讴歌一样。

在西安和八路军残废兵是同院住着，所以朝夕所看到的都是他们。有一天我看到一个残废的女兵，我就向别人问：“也是战斗员吗？”

那回答我的人也非常含混，他说也许是战斗员，也许是女救护员，也说不定。

等我再看那腋下支着两根木棍，同时摆荡着一只空裤管的女人的时候，但是看不见了，她被一堵墙遮没住，留给我的只是那两根使她每走一步，那两肩不得安宁的新从木匠手里制作出来的白白木棍。

我面向着日本帝国主义，我要讴歌了！就像南方的朋友们去到了北方，对于那终年走在风沙里的瘦驴子，由于同情而要讴歌她了。

但这只是一刻的心情，对于野蛮的东西所遗留下来的痕迹，憎恶在我是会破坏了我的艺术的心意的。

那女兵将来也要做母亲的，孩子若问她："妈妈为什么你少了一条腿呢？"

妈妈回答是日本帝国主义给切断的。

成为一个母亲，当孩子指问到她的残缺点的时候，无管这残缺是光荣过，还是耻辱过，对于作母亲的都一齐会成为灼伤的。

被合理所影响的事物，人们认为是没有力量的（弱的）或者也就被说成生命力已经被损害了的（所谓生命力不强的）。比方屠介涅夫在作家里面，人们一提到他：好是好的，但，但……但怎么样呢？我就看到过很多对屠介涅夫摇头的人，这摇头是为什么呢？不能无所因。久了，同时也因为我对摇头的人过于琢磨的缘故，默默之中感到了，并且在我的灵感达到最高潮的时候，也就无恐惧起来，我就替摇头者们嚷着说："他的生命力不强！"

屠介涅夫是合理的，幽美的，宁静的，正路的，他是从灵魂而后走到本能的作家。和他走同一道路的，还有法国的罗曼·罗兰。

别的作家们他们则不同，他们暴乱、邪狂、破碎，他们是先从本能出发（或者一切从本能出发）而后走到灵魂。有慢慢走到灵魂的，也有永久走不到灵魂的，那永久走不到灵魂的，他就永久站在他的本能上喊着：“我的生命力强啊！我的生命力强啊！”

但不要听错了，这可并不是他自己对自己的惋惜，一方面是在骄傲着生命力弱的，另一面是在招呼那些尚在向灵魂出发的在半途上感到吃力，正停在树下冒汗的朋友们。

听他这一招呼，可见生命力强的也是孤独的。于是我这佩服之感也就不完整了。

偏偏给我看到的生命力顶强的是日本帝国主义。人家都说日本帝国主义野蛮，是兽类，是爬虫类，是没有血液的东西。完全荒毛的呀！

所以这南方的风景，看起来是比北方的风沙愉快的。

同时那位南方的朋友对于北方的讴歌，我也并不是讽刺他。去把捉完全隔离的东西，不管谁，大概都被吓住的。我对于南方的鉴赏，因为我已经住了几年的缘故，初来到南方也是不可能。

一九三八年五月十五日

第四辑

面　影

鲁迅先生的笑声是明朗的，是从心里的欢喜。

记鹿地夫妇

池田在开仗的前夜，带着一匹小猫仔来到我家的门口，因为是夜静的时候，那鞋底拍着楼廊的声音非常响亮。

“谁呀！”

这声音并没有回答，我就看到是日本朋友池田，她的眼睛好像被水洗过的玻璃似的那么闪耀。

“她怎么这时候来的呢，她从北四川路来的……”这话在我的思想里边绕了一周。

“请进来呀！”

一时看不到她的全身，因为她只把门开了一个小缝。

“日本和中国要打仗。”

“什么时候？”

“今天夜里四点钟。”

“真的吗？”

“一定的。”

我看一看表，现在是十一点钟。“一、二、三、四、五——”我说还有五个钟头。

那夜我们又讲了些别的就睡了。军睡在外室的小床上，我和池田就睡在内室的大床上，这一夜没有睡好，好像很热，小猫仔又那么叫，从床上跳到地上，从地上又跳到椅子上，而后再去撕着窗帘。快到四点钟的时候，我好像听到了两下枪响。

“池田，是枪声吧！”

“大概是。”

“你想鹿地怎么样，若真的今天开仗，明天他能跑出来不能？”

“大概能，那就不知道啦！”

夜里开枪并不是事实。第二天我们吃完饭，三个人坐在地板的凉席上乘凉。这时候鹿地来了，穿一条黄色的短裤，白衬衫，黑色的卷卷头发，日本式的走法。走到席子旁边，很习惯的就脱掉鞋子坐在席子上。看起来他很快活，日本话也说，中国字也有。他赶快地吸纸烟，池田给他作翻译。他一着急就又加几个中国字在里面。转过脸来向我们说：

“是的，叭叭开枪啦……”

“是什么地方开的？”我问他。

“在陆战队……边上。”

“你看见了吗？”

“看见的……”

他说话十分喜欢用手势：“我，我，我看见啦……完全死啦！”而后他用手巾揩着汗。但是他非常快活，笑着，全身在轻松里边打着转。我看他像洗过羽毛的雀子似的振奋，因为他的眼光和嘴唇都像讲着与他不相干的，同时非常感到兴味的人一样。

夜晚快要到来，第一发的炮声过去了。而我们四个人——池田、鹿地、萧军和我——正在吃晚饭，池田的大眼睛对着我，萧军的耳向旁边歪着，我则感到心脏似乎在移动。但是我们合起声音来：

“哼！”彼此点了点头。

鹿地有点像西洋人的嘴唇，扣得很紧。

第二发炮弹发过去了。

池田仍旧用日本女人的跪法跪在席子上，我们大概是用一种假象把自己平定下来，所以仍旧吃着饭。鹿地的脸色自然变得很不好看了。若是我，我一定想到这炮声就使我脱离了祖国。但是他的感情一会就恢复了。他说：

“日本这回坏啦，一定坏啦……”这话的意思是日本要打败的，日本的老百姓要倒霉的，他把这战争并不看得怎样可怕，他说日本军阀早一天破坏早一天好。

第二天他们到S家去住的。我们这里不大方便；邻居都知道他们是日本人，还有一个白俄在法国捕房当巡捕。街上打间谍，日本警察到他们从前住过的地方找过他们。在两国夹攻之下，他们开始被陷进去。

第二天我们到S家去看他们的时候，他们住在三层楼上，尤其是鹿地很开心，俨俨乎和主人一样。两张大写字台靠着窗子，写字台这边坐着一个，那边坐着一个，嘴上都叼着香烟，白金龙香烟四五罐，堆成个小塔型在桌子头上。他请我吃烟的时候，我看到他已经开始工作。很讲究的黑封面的大本子摊开在他的面前，他说他写日记了，当然他写的是日文，我看了一下也看不懂。一抬头看到池田在那边也张开了一个大本子。我想这真不得了，这种克制自己的力量，中国人很少能够做到。无论怎样说，这战争对于他们比对于我们，总是更痛苦的。又过了两天，大概他们已经写了一些日记了。他们开始劝我们，为什么不参加团体工作呢？鹿地说：

“你们不认识救亡团体吗？我给介绍！”这样好的中国话是池田给修改的。

“应该工作了，要快工作，快工作，日本军阀快完啦……”

他们说现在写文章，以后翻成别国文字，有机会他们要到各国去宣传。

我看他们好像变成了中国人一样。

三二日之后去看他们，他们没有了。说他们昨天下午一起出去就没有回来。临走时说吃饭不要等他们，至于哪里去了呢？S说她也不知道。又过了几天，又问了好几次，仍旧不知道他们在哪里。

或者被日本警察捉去啦，送回国去啦！或者住在更安全的地方，大概不能有危险吧！

一个月以后的事：我拿刀子在桌子上切葱花，准备午饭，这时候，有人打门，走进来的人是认识的，可是他一向没有来过，这次的来不知有什么事。但很快就得到结果了：鹿地昨夜又来到S家。听到他们并没有出危险，很高兴。但他接着再说下去就是痛苦的了。他们躲在别人家里躲了一个月，那家非赶他们离开不可，因为住日本人，怕当汉奸看待。S家很不便，当时S做救亡工作，怕是日本探子注意到。

“那么住到那里去呢？”我问。

“就是这个问题呀！他们要求你去送一封信，我来就是找你去送信，你立刻到S家去。”

我送信的地方是个德国医生，池田一个月前在那里治过病，当上海战事开始的时候，医生太太向池田说过：假若在别的地方住不方便，可以搬到她家去暂住。有一次我陪池田去看医生，池田问他：

“你喜欢希特勒吗？”

医生说：“唔……不喜欢。”并且说他不能够回德国。

根据这点，池田以为医生是很好的人，同时又受希特勒的压迫。

我送完了信，又回到S家去，我上楼说：

“可以啦，大概是可以。”

回信，我并没拆开读，因为我的英文不好。他们两个从地板上坐起来。打开这信：

“随时可来，我等候着……”池田说信上写着这样的话。

“我说对么！那医生当我临走的时候还说，把手伸给他，我知道他就了解了。”

这回鹿地并不怎样神气了，说话不敢大声，不敢站起来走动。晚饭就坐在地板的席子上吃的，台灯放在地上，灯头被蒙了一块黑纱布，就在这微黑的带着神秘的三层楼上，我也和他们一起吃的饭。我端碗来，再三的不能把饭咽下去，我看一看池田发亮的眼睛，好像她对她自己未知的命运还不如我对他们那样关心。

“吃鱼呀！”我记不得是他们谁把一段鱼尾摆在我的碗上来。

当着一个人，在他去试验他出险的道路前一刻，或者就正在出险之中，为什么还能够这样安宁呢！我实在对这晚餐不能够多吃。我为着我自己，我几次说着多余的闲余话：

“我们好像山寨们在树林里吃饭一样……”接着我还是说，“不是吗？看像不像？”

回答这话的没有人，我抬头看一看四壁，这是一间藏书房，四壁黑沉沉的站着书箱或书柜。

八点钟刚过，我就想去叫汽车，他们说，等一等，稍微晚一点更好。鹿地开始穿西装，白裤子，黑上衣，这是一个西洋朋友给他的旧衣裳（他自己的衣裳从北四川路逃出来时丢掉了）。多么可笑啊！又像贾伯林又像日本人。

“这个不要紧！”指着他已经蔓延起来的胡子对我说：“像日本人不像？”

“不像。”但明明是像。

等汽车来了时，我告诉他：

“你绝对不能说话，中国话也不要说，不开口最好，若忘记了说出日本字来那是危险的。”

报纸上登载过法租界和英租界交界的地方，常常有小汽车被验查。假若没有人陪着他们，他们两个差不多就和哑子一样了。鹿地干脆就不能开口。至于池田一听就知道说的是日本的中国话。

那天晚上下着一点小雨，记得大概我是坐在他们两个人之间，有两小箱笼颠动在我们膝盖的前边。爱多亚路被指路灯所照，好像一条虹彩似的展开在我们的面前，柏油路被车轮所擦过的纹痕，在路警指管着的红绿灯下，变成一条红的，而后又变成一条绿的，我们都把眼睛看着这动乱交错的前方。同时司机人前面那块玻璃上有一根小棍来回地扫着那块扇形的地盘。

车子到了同孚路口了，我告诉车子左转，而后靠到马路的右边。

这座大楼本来是有电梯的，因为司机人不在，等不及了，就从扶梯跑上去。我们三个人都提着东西，而又都跑得快，好像这一路没有出险，多半是因为这最末的一跑才做到的。

医生在小客厅里接待着鹿地夫妇：

“弄错了啦，嗯！”

我所听到的，这是什么话呢？我看看鹿地，我看看池田，再看看胖医生。

“医生弄错啦，他以为是要来看病的人，所以随时可来。”

“那么房子呢？”

“房子他没有。”池田摆一摆手。

我想这回可成问题了，我知道S家绝对不能再回去。找房子立刻是可能的吗？而后我说到我家去可以吗？

池田说：“你们家那白俄呀！”

医生还不错，穿了雨衣去替他们找房子去了。在这中间，非常恐慌。他说房子就在旁边，可是他去了好多时候没有回来。

“箱子里边有写的文章啊！老医生不是去通知捕房？”池田的眼睛好像枭鸟的眼睛那么大。

过了半点钟的样子，医生回来了，医生又把我们送到那新房子。

走进去一看，就像个旅馆，茶房非常多，说中国话的，说法国话的，说俄国话的，说英国话的。

刚一开战，鹿地就说过要到国际上去宣传，我看那时候，他可差不多去到国际上了。

这地方危险是危险的，怎么办呢？只得住下了。

中国茶房问："先生住几天呢？"

我说住一两天，但是鹿地说："不！不！"只说了半截就回去了，大概是日本话又来到嘴边上。

池田有时说中国话，有时说英国话，茶房来了一个，去了，又来了一个。

鹿地静静地站在一边。

大床、大桌子、大沙发，棚顶垂着沉重的带着链锁的大灯头。并且还有一个外室，好像阳台一样。

茶房都去了，鹿地仍旧站着，地心有一块花地毯，他就站在地毯的边上。

我告诉他不要说日本话，因为隔壁的房子说不定住的是中国人。

"好好地休息吧！把被子摊在床上，衣箱就不要动了，三两天就要搬的。我把这情况通知别的朋友……"往下我还有话要说，中国茶房进来了，手里端着一个大白铜盘子，上面站着两个汽水瓶。我想这个五块钱一天的旅馆还给汽水喝！问那茶房，那茶房说是白开水，这开水怎样卫生，怎样经过过滤，怎样多喝了不会生病。正在这时候，他却来讲卫生了。

向中国政府办理证明书的人说，再有三五天大概就替他们领到，可是到第七天还没有消息。他们在那房子里边，简直和小鼠似的，地板或什么东西有时格格地作响，至于讲话的声音，外边绝对听不到。

每次我去的时候，鹿地好像还是照旧的样子，不然就是变了点，也究竟没变了多少，喜欢讲笑话。不知怎么想起来的，他又说他怕女人：

“女人我害怕，别的我不怕……女人我最怕。”

“帝国主义你不怕？”我说。

“我不怕，我打死他。”

“日本警察捉你也不怕？”我和池田是站在一面的。

池田听了也笑，我也笑，池田在这几天的不安中也破例了。

“那么你就不用这里逃到那里，让日本警察捉去好啦！其实不对的，你还是最怕日本警察。我看女人并不绝顶的厉害，还是日本警察绝顶的厉害。”

我们都笑了，但是都没有高声。

最显现在我面前的是他们两个有点憔悴的颜面。

有一天下午，我陪着他们谈了两个多钟头，对于这一点点时间，他们是怎样的感激呀！我临走时说：

“明天有工夫，我早点来看你们，或者是上午。”

尤其是池田立刻说谢谢，并且立刻和我握握手。

第二天我又来迟了，池田不在房里。鹿地一看到我，就从桌上摸到一块白纸条。他摇一摇手而后他在纸条上写着：

今天下午有巡捕在门外偷听了，一下午英国巡捕（即印度巡捕）、中国巡捕，从一点钟起停到五点钟才走。

但最感动我的是他的纸条上出现着这样的字：——今天我决心被捕。

“这被捕不被捕，怎能是你决心不决心的呢？”这话我不能对他说，因为我知道他用的是日本文法。

我又问他打算怎样呢？他说没有办法，池田去到S家里。

那个时候经济也没有了，证明书还没有消息。租界上日本有追捕日本或韩国人的自由。想要脱离租界，而又一步不能脱离。到中国地去，要被中国人误认作间谍。

他们的生命，就像系在一根线上那么脆弱。

那天晚上，我把他们的日记、文章和诗，包集起来带着离开他们。我说：

“假使日本人把你们捉回去，说你们帮助中国，总是没有证据的呀！”

我想我还是赶快走的好，把这些致命的东西快些带开。

临走时我和他握握手，我说不怕。至于怕不怕，下一秒钟谁都没有把握。但我是说了，就像说给站在狼洞里边的孩子一样。

以后再去看他们，他们就搬了，我们也就离开上海。

一九三八年二月二十日，临汾

回忆鲁迅先生

鲁迅先生的笑声是明朗的，是从心里的欢喜。若有人说了什么可笑的话，鲁迅先生笑的连烟卷都拿不住了，常常是笑的咳嗽起来。

鲁迅先生走路很轻捷，尤其使人记得清楚的，是他刚抓起帽子来往头上一扣，同时左腿就伸出去了，仿佛不顾一切地走去。

鲁迅先生不大注意人的衣裳，他说："谁穿什么衣裳我看不见的……"

鲁迅先生生病，刚好了一点，他坐在躺椅上，抽着烟，那天我穿着新奇的大红的上衣，很宽的袖子。

鲁迅先生说："这天气闷热起来，这就是梅雨天。"他把他装在象牙烟嘴上的香烟，又用手装得紧一点，往下又说了别的。

许先生忙着家务，跑来跑去，也没有对我的衣裳加以鉴赏。

于是我说："周先生，我的衣裳漂亮不漂亮？"

鲁迅先生从上往下看了一眼："不大漂亮。"

过了一会又接着说："你的裙子配的颜色不对，并不是红上衣不好看，各种颜色都是好看的，红上衣要配红裙子，不然就是黑裙子，咖啡色的就不行了；这两种颜色放在一起很浑浊……你没看到外国人在街上走的吗？绝没有下边穿一件绿裙子，上边穿一件紫上衣，也没有穿一件红裙子而后穿一件白上衣的……"

鲁迅先生就在躺椅上看着我："你这裙子是咖啡色的，还带格子，颜色浑浊得很，所以把红色衣裳也弄得不漂亮了。"

"……人瘦不要穿黑衣裳，人胖不要穿白衣裳；脚长的女人一定要穿黑鞋子，脚短就一定要穿白鞋子；方格子的衣裳胖人不能穿，但比横格子的还好；横格子的胖人穿上，就把胖子更往两边裂着，更横宽了，胖子要穿竖条子的，竖的把人显得长，横的把人显的宽……"

那天鲁迅先生很有兴致，把我一双短统靴子也略略批评一下，说我的短靴是军人穿的，因为靴子的前后都有一条线织的拉手，这拉手据鲁迅先生说是放在裤子下边的……

我说："周先生，为什么那靴子我穿了多久了而不告诉我，怎么现在才想起来呢？现在我不是不穿了吗？我穿的这不是另外的鞋吗？"

“你不穿我才说的，你穿的时候，我一说你该不穿了。”

那天下午要赴一个宴会去，我要许先生给我找一点布条或绸条束一束头发。许先生拿了来米色的绿色的还有桃红色的。经我和许先生共同选定的是米色的。为着取美，把那桃红色的，许先生举起来放在我的头发上，并且许先生很开心地说着：

“好看吧！多漂亮！”

我也非常得意，很规矩又顽皮地在等着鲁迅先生往这边看我们。

鲁迅先生这一看，脸是严肃的，他的眼皮往下一放向着我们这边看着：

“不要那样装饰她……”

许先生有点窘了。

我也安静下来。

鲁迅先生在北平教书时，从不发脾气，但常常好用这种眼光看人，许先生常跟我讲。她在女师大读书时，周先生在课堂上，一生气就用眼睛往下一掠，看着他们，这种眼光是鲁迅先生在记范爱农先生的文字曾自己述说过，而谁曾接触过这种眼光的人就会感到一个旷代的全智者的催逼。

我开始问：“周先生怎么也晓得女人穿衣裳的这些事情呢？”

“看过书的，关于美学的。”

"什么时候看的……"

"大概是在日本读书的时候……"

"买的书吗？"

"不一定是买的，也许是从什么地方抓到就看的……"

"看了有趣味吗？！"

"随便看看……"

"周先生看这书做什么？"

"……"没有回答，好像很难以答。

许先生在旁说："周先生什么书都看的。"

在鲁迅先生家里做客人，刚开始是从法租界来到虹口，搭电车也要差不多一个钟头的工夫，所以那时候来的次数比较少。记得有一次谈到半夜了，一过十二点电车就没有的，但那天不知讲了些什么，讲到一个段落就看看旁边小长桌上的圆钟，十一点半了，十一点四十五分了，电车没有了。

"反正已十二点，电车也没有，那么再坐一会。"许先生如此劝着。

鲁迅先生好像听了所讲的什么引起了幻想，安顿地举着象牙烟嘴在沉思着。

一点钟以后，送我（还有别的朋友）出来的是许先生，外边下着的濛濛的小雨，弄堂里灯光全然灭掉了，鲁迅先生嘱咐许先生一定让坐小汽车回去，并且一定嘱咐许先生付钱。

以后也住到北四川路来，就每夜饭后必到大陆新村来了，刮风的天，下雨的天，几乎没有间断的时候。

鲁迅先生很喜欢北方饭，还喜欢吃油炸的东西，喜欢吃硬的东西，就是后来生病的时候，也不大吃牛奶。鸡汤端到旁边用调羹舀了一二下就算了事。

有一天约好我去包饺子吃，那还是住在法租界，所以带了外国酸菜和用绞肉机绞成的牛肉，就和许先生站在客厅后边的方桌边包起来。海婴公子围着闹得起劲，一会按成圆饼的面拿去了，他说做了一只船来，送在我们的眼前，我们不看他，转身他又做了一只小鸡。许先生和我都不去看他，对他竭力避免加以赞美，若一赞美起来，怕他更做的起劲。

客厅后边没到黄昏就先黑了，背上感到些微微的寒凉，知道衣裳不够了，但为着忙，没有加衣裳去。等把饺子包完了看看那数目并不多，这才知道许先生与我们谈话谈得太多，误了工作。许先生怎样离开家的，怎样到天津读书的，在女师大读书时怎样做了家庭教师。她去考家庭教师的那一段描写，非常有趣，只取一名，可是考了好几十名，她之能够当选算是难的了。指望对于学费有点补助，冬天来了，北平又冷，那家离学校又远，每月除了车子钱之外，若伤风感冒还得自己拿出买阿司匹林的钱来，每月薪金十元要从西城跑到东城……

饺子煮好，一上楼梯，就听到楼上明朗的鲁迅先生的笑声冲下楼梯来，原来有几个朋友在楼上也正谈得热闹。那一天吃得是很好的。

以后我们又做过韭菜合子，又做过荷叶饼，我一提议，鲁迅先生必然赞成，而我做的又不好，可是鲁迅先生还是在桌上举着筷子问许先生："我再吃几个吗？"

因为鲁迅先生胃不大好，每饭后必吃"脾自美"药丸一二粒。

有一天下午鲁迅先生正在校对着瞿秋白的《海上述林》，我一走进卧室去，从那圆转椅上鲁迅先生转过来了，向着我，还微微站起了一点。

"好久不见，好久不见。"一边说着一边向我点头。

刚刚我不是来过了吗？怎么会好久不见？就是上午我来的那次周先生忘记了，可是我也每天来呀……怎么都忘记了吗？

周先生转身坐在躺椅上才自己笑起来，他是在开着玩笑。

梅雨季节，很少有晴天，一天的上午刚一放晴，我高兴极了，就到鲁迅先生家去了，跑得上楼还喘着。鲁迅先生说："来啦！"我说："来啦！"

我喘着连茶也喝不下。

鲁迅先生就问我：

"有什么事吗？"

我说："天晴啦，太阳出来啦。"

许先生和鲁迅先生都笑着，一种对于冲破忧郁心境的崭然的会心的笑。

海婴一看到我非拉我到院子里和他一道玩不可，拉我的头发或拉我的衣裳。

为什么他不拉别人呢？据周先生说："他看你梳着辫子，和他差不多，别人在他眼里都是大人，就看你小。"

许先生问着海婴："你为什么喜欢她呢？不喜欢别人？"

"她有小辫子。"说着就来拉我的头发。

鲁迅先生家生客人很少，几乎没有，尤其是住在他家里的人更没有。一个礼拜六的晚上，在二楼上鲁迅先生的卧室里摆好了晚饭，围着桌子坐满了人。每逢礼拜六晚上都是这样的，周建人先生带着全家来拜访的。在桌子边坐着一个很瘦的很高的穿着中国小背心的人，鲁迅先生介绍说："这是一位同乡，是商人。"

初看似乎对的，穿着中国裤子，头发剃的很短。当吃饭时，他还让别人酒，也给我倒一盅，态度很活泼，不大像个商人；等吃完了饭，又谈到《伪自由书》及《二心集》。这个商人，开明得很，在中国不常见。没有见过的就总不大放心。

下一次是在楼下客厅后的方桌上吃晚饭，那天很晴，一阵阵的刮着热风，虽然黄昏了，客厅里还不昏黑。鲁迅先生是新剪的头发，还能记得桌上有一盘黄花鱼，大概是顺着鲁迅先生的口味，是用油煎的。鲁迅先生前面摆着一碗酒，酒碗是扁扁的，好像用做吃饭的饭碗。那位商人先生也能喝酒，酒瓶就站在他的旁边。他说蒙古人什么样，苗人什么样，从西藏经过时，那西藏女人见了男人追她，她就如何如何。

这商人可真怪，怎么专门走地方，而不做买卖？并且鲁迅先生的书他也全读过，一开口这个，一开口那个。并且海婴叫他×先生，我一听那×字就明白他是谁了。×先生常常回来得很迟，从鲁迅先生家里出来，在弄堂里遇到了几次。

有一天晚上×先生从三楼下来，手里提着小箱子，身上穿着长袍子，站在鲁迅先生的面前，他说他要搬了。他告了辞，许先生送他下楼去了。这时候周先生在地板上绕了两个圈子，问我说：

“你看他到底是商人吗？”

“是的。”我说。

鲁迅先生很有意思地在地板上走几步，而后向我说：“他是贩卖私货的商人，是贩卖精神上的……”

×先生走过二万五千里回来的。

青年人写信，写得太草率，鲁迅先生是深恶痛绝之的。

“字不一定要写得好，但必须得使人一看了就认识，年轻人现在都太忙了……他自己赶快胡乱写完了事，别人看了三遍五遍看不明白，这费了多少工夫，他不管。反正这费了工夫不是他的。这存心是不太好的。”

但他还是展读着每封由不同角落里投来的青年的信，眼睛不济时，便戴起眼镜来看，常常看到夜里很深的时光。

鲁迅先生坐在××电影院楼上的第一排，那片名忘记了，新闻片是苏联纪念“五一”节的红场。

“这个我怕看不到的……你们将来可以看得到。”鲁迅先生向我们周围的人说。

珂勒惠支的画，鲁迅先生最佩服，同时也很佩服她的做人。珂勒惠支受希特拉的压迫，不准她做教授，不准她画画，鲁迅先生常讲到她。

史沫特烈，鲁迅先生也讲到，她是美国女子，帮助印度独立运动，现在又在援助中国。

鲁迅先生介绍人去看的电影：《夏伯阳》，《复仇艳遇》……其余的如《人猿泰山》……或者《非洲的怪兽》这一类的影片，也常介绍给人的。鲁迅先生说：“电影没有什么好的，看看鸟兽之类倒可以增加些对于动物的知识。”

鲁迅先生不游公园，住在上海十年，兆丰公园没有进过，虹口公园这么近也没有进过。春天一到了，我常告诉周先生，我说公园里的土松软了，公园里的风多么柔和。周先生答应选个晴好的天气，选个礼拜日，海婴休假日，好一道去，坐一乘小汽车一直开到兆丰公园，也算是短途旅行。但这只是想着而未有做到，并且把公园给下了定义。鲁迅先生说："公园的样子我知道的……一进门分做两条路，一条通左边，一条通右边，沿着路种着点柳树什么树的，树下摆着几张长椅子，再远一点有个水池子。"

我是去过兆丰公园的，也去过虹口公园或是法国公园的，仿佛这个定义适用于任何国度的公园设计者。

鲁迅先生不戴手套，不围围巾，冬天穿着黑土蓝的棉布袍子，头上戴着灰色毡帽，脚穿黑帆布胶皮底鞋。

胶皮底鞋夏天特别热，冬天又凉又湿，鲁迅先生的身体不算好，大家都提议把这鞋子换掉。鲁迅先生不肯，他说胶皮底鞋子走路方便。

"周先生一天走多少路呢？也不就一转弯到××书店走一趟吗？"

鲁迅先生笑而不答。

"周先生不是很好伤风吗？不围巾子，风一吹不就伤风了吗？"

鲁迅先生这些个都不习惯，他说：

"从小就没戴过手套围巾，戴不惯。"

鲁迅先生一推开门从家里出来时，两只手露在外边，很宽的袖口冲着风就向前走，腋下夹着个黑绸子印花的包袱，里边包着书或者是信，到老靶子路书店去了。

那包袱每天出去必带出去，回来必带回来。出去时带着给青年们的信，回来又从书店带来新的信和青年请鲁迅先生看的稿子。

鲁迅先生抱着印花包袱从外边回来，还得提着一把伞，一进门客厅早坐着客人，把伞挂在衣架上就陪客人谈起话来。谈了很久了，伞上的水滴顺着伞杆在地板上已经聚了一堆水。

鲁迅先生上楼去拿香烟，抱着印花包袱，而那把伞也没有忘记，顺手也带到楼上去。

鲁迅先生的记忆力非常之强，他的东西从不随便散置在任何地方。

鲁迅先生很喜欢北方口味。许先生想请一个北方厨子，鲁迅先生以为开销太大，请不得的，男佣人，至少要十五元钱的工钱。

所以买米买炭都是许先生下手。我问许先生为什么用两个女佣人都是年老的，都是六七十岁的？许先生说她们做惯了，海婴的保姆，海婴几个月时就在这里。

正说着那矮胖胖的保姆走下楼梯来了，和我们打了个迎面。

“先生，没吃茶吗？”她赶快拿了杯子去倒茶，那刚刚下楼时气喘的声音还在喉管里咕噜咕噜的，她确实年老了。

来了客人，许先生没有不下厨房的，菜食很丰富，鱼，肉……都是用大碗装着，起码四五碗，多则七八碗。可是平常就只三碗菜：一碗素炒豌豆苗，一碗笋炒咸菜，再一碗黄花鱼。

这菜简单到极点。

鲁迅先生的原稿，在拉都路一家炸油条的那里用着包油条，我得到了一张，是译《死魂灵》的原稿，写信告诉了鲁迅先生。鲁迅先生不以为希奇，许先生倒很生气。

鲁迅先生出书的校样，都用来揩桌，或做什么的。请客人在家里吃饭，吃到半道，鲁迅先生回身去拿来校样给大家分着。客人接到手里一看，这怎么可以？鲁迅先生说：

“擦一擦，拿着鸡吃，手是腻的。”

到洗澡间去，那边也摆着校样纸。

许先生从早晨忙到晚上，在楼下陪客人，一边还手里打着毛线。不然就是一边谈着话一边站起来用手摘掉花盆里花上已干枯了的叶子。许先生每送一个客人，都要送到楼下门口，替客人把门开开，客人走出去而后轻轻地关了门再上楼来。

来了客人还到街上去买鱼或买鸡，买回来还要到厨房里去工作。

鲁迅先生临时要寄一封信，就得许先生换起皮鞋子来到邮局或者大陆新村旁边信筒那里去。落着雨天，许先生就打起伞来。

许先生是忙的，许先生的笑是愉快的，但是头发有一些是白了的。

夜里去看电影，施高塔路的汽车房只有一辆车，鲁迅先生一定不坐，一定让我们坐。许先生，周建人夫人……海婴，周建人先生的三位女公子。我们上车了。

鲁迅先生和周建人先生，还有别的一二位朋友在后边。

看完了电影出来，又只叫到一部汽车，鲁迅先生又一定不肯坐，让周建人先生的全家坐着先走了。

鲁迅先生旁边走着海婴，过了苏州河的大桥去等电车去了。等了二三十分钟电车还没有来，鲁迅先生依着沿苏州河的铁栏杆坐在桥边的石围上了，并且拿出香烟来，装上烟嘴，悠然地吸着烟。

海婴不安地来回地乱跑，鲁迅先生还招呼他和自己并排坐下。

鲁迅先生坐在那和一个乡下的安静老人一样。

鲁迅先生吃的是清茶，其余不吃别的饮料。咖啡、可可、牛奶、汽水之类，家里都不预备。

鲁迅先生陪客人到深夜，必同客人一道吃些点心。那饼干就是从铺子里买来的，装在饼干盒子里，到夜深许先生拿着碟子取出来，摆在鲁迅先生的书桌上。吃完了，许先生打开立柜再取一碟。还有向日葵子差不多每来客人必不可少。鲁迅先生一边抽着烟，一边剥着瓜子吃，吃完了一碟鲁迅先生必请许先生再拿一碟来。

鲁迅先生备有两种纸烟，一种价钱贵的，一种便宜的。便宜的是绿听子的，我不认识那是什么牌子，只记得烟头上带着黄纸的嘴，每五十支的价钱大概是四角到五角，是鲁迅先生自己平日用的。另一种是白听子的，是前门烟，用来招待客人的，白听烟放在鲁迅先生书桌的抽屉里。来客人鲁迅先生下楼，把它带到楼下去，客人走了，又带回楼上来照样放在抽屉里。而绿听子的永远放在书桌上，是鲁迅先生随时吸着的。

鲁迅先生的休息，不听留声机，不出去散步，也不倒在床上睡觉，鲁迅先生自己说：

“坐在椅子上翻一翻书就是休息了。”

鲁迅先生从下午二三点钟起就陪客人，陪到五点钟，陪到六点钟，客人若在家吃饭，吃完饭又必要在一起喝茶，或者刚刚吃完茶走了，或者还没走又来了客人，于是又陪下去，陪到八点钟，十点钟，常常陪到十二点钟。从下午三点钟起，陪到夜里十二点，这么长的时间，鲁迅先生都是坐在藤躺椅上，不断地吸着烟。

客人一走，已经是下半夜了，本来已经是睡觉的时候了，可是鲁迅先生正要开始工作。

在工作之前，他稍微阖一阖眼睛，燃起一支烟来，躺在床边上，这一支烟还没有吸完，许先生差不多就在床里边睡着了。（许先生为什么睡得这样快？因为第二天早晨六七点钟就要来管理家务。）海婴这时在三楼和保姆一道睡着了。

全楼都寂静下去，窗外也一点声音没有了，鲁迅先生站起来，坐到书桌边，在那绿色的台灯下开始写文章了。许先生说鸡鸣的时候，鲁迅先生还是坐着，街上的汽车嘟嘟地叫起来了，鲁迅先生还是坐着。

有时许先生醒了，看着玻璃窗白萨萨的了，灯光也不显得怎么亮了，鲁迅先生的背影不像夜里那样高大。

鲁迅先生的背影是灰黑色的，仍旧坐在那里。

人家都起来了，鲁迅先生才睡下。

海婴从三楼下来了，背着书包，保姆送他到学校去，经过鲁迅先生的门前，保姆总是吩咐他说：

“轻一点走，轻一点走。”

鲁迅先生刚一睡下，太阳就高起来了，太阳照着隔院子的人家，明亮亮的，照着鲁迅先生花园的夹竹桃，明亮亮的。

鲁迅先生的书桌整整齐齐的，写好的文章压在书下边，毛笔在烧瓷的小龟背上站着。

一双拖鞋停在床下，鲁迅先生在枕头上边睡着了。

鲁迅先生喜欢吃一点酒，但是不多吃，吃半小碗或一碗。鲁迅先生吃的是中国酒，多半是花雕。

老靶子路有一家小喫茶店，只有门面一间，在门面里边设座，座少，安静，光线不充足，有些冷落。鲁迅先生常到这里喫茶店来，有约会多半是在这里边，老板是犹太也许是白俄，胖胖的，中国话大概他听不懂。

鲁迅先生这一位老人，穿着布袍子，有时到这里来，泡一壶红茶，和青年人坐在一道谈了一两个钟头。

有一天鲁迅先生的背后那茶座里边坐着一位摩登女子，身穿紫裙子黄衣裳，头戴花帽子……那女子临走时，鲁迅先生一看她，用眼瞪着她，很生气地看了她半天。而后说：

“是做什么的呢？”

鲁迅先生对于穿着紫裙子黄衣裳，花帽子的人就是这样看法的。

鬼到底是有的没有的？传说上有人见过，还跟鬼说过话，还有人被鬼在后边追赶过，吊死鬼一见了人就贴在墙上。但没有一个人捉住一个鬼给大家看看。

鲁迅先生讲了他看见过鬼的故事给大家听：

“是在绍兴……”鲁迅先生说，“三十年前……”

那时鲁迅先生从日本读书回来，在一个师范学堂里也不知是什么学堂里教书，晚上没有事时，鲁迅先生总是到朋友家去谈天。这朋友住的离学堂几里路，几里路不算远，但必得经过一片坟地。谈天有的时候就谈得晚了，十一二点钟才回学堂的事也常有，有一天鲁迅先生就回去得很晚，天空有很大的月亮。

鲁迅先生向着归路走得很起劲时，往远处一看，远远有一个白影。

鲁迅先生不相信鬼的，在日本留学时是学的医，常常把死人抬来解剖的，鲁迅先生解剖过二十几个，不但不怕鬼，对死人也不怕，所以对坟地也就根本不怕。仍旧是向前走的。

走了不几步，那远处的白影没有了，再看突然又有了。并且时小时大，时高时低，正和鬼一样。鬼不就是变幻无常的吗？

鲁迅先生有点踌躇了，到底向前走呢？还是回过头来走？本来回学堂不止这一条路，这不过是最近的一条就是了。

鲁迅先生仍是向前走，到底要看一看鬼是什么样，虽然那时候也怕了。

鲁迅先生那时从日本回来不久，所以还穿着硬底皮鞋。鲁迅先生决心要给那鬼一个致命的打击，等走到那白影旁边时，那白影缩小了，蹲下了，一声不响地靠住了一个坟堆。

鲁迅先生就用了他的硬皮鞋踢了出去。

那白影噢的一声叫起来，随着就站起来，鲁迅先生定眼看去，他却是个人。

鲁迅先生说在他踢的时候，他是很害怕的，好像若一下不把那东西踢死，自己反而会遭殃的，所以用了全力踢出去。

原来是个盗墓子的人在坟场上半夜做着工作。

鲁迅先生说到这里就笑了起来。

“鬼也是怕踢的，踢他一脚就立刻变成人了。”

我想，倘若是鬼常常让鲁迅先生踢踢倒是好的，因为给了他一个做人的机会。

从福建菜馆叫的菜，有一碗鱼做的丸子。

海婴一吃就说不新鲜，许先生不信，别的人也都不信。因为那丸子有的新鲜，有的不新鲜，别人吃到嘴里的恰好都是没有改味的。

许先生又给海婴一个，海婴一吃，又不是好的，他又嚷嚷着。别人都不注意，鲁迅先生把海婴碟里的拿来尝尝，果然不是新鲜的。鲁迅先生说：

“他说不新鲜，一定也有他的道理，不加以查看就抹杀是不对的。”

…………

以后我想起这件事来，私下和许先生谈过，许先生说：“周先生的做人，真是我们学不了的。哪怕一点点小事。”

鲁迅先生包一个纸包也要包得整整齐齐，常常把要寄出的书，鲁迅先生从许先生手里拿过来自己包，许先生本来包得多么好，而鲁迅先生还要亲自动手。

鲁迅先生把书包好了，用细绳捆上，那包方方正正的，连一个角也不准歪一点或扁一点，而后拿着剪刀，把捆书的那绳头都剪得整整齐齐。

就是包这书的纸都不是新的，都是从街上买东西回来留下来的。许先生上街回来把买来的东西一打开随手就把包东西的牛皮纸折起来，随手把小细绳卷了一个卷。若小细绳上有一个疙瘩，也要随手把它解开的。准备着随时用随时方便。

鲁迅先生住的是大陆新村九号。

一进弄堂口，满地铺着大方块的水门汀，院子里不怎样嘈杂，从这院子出入的有时候是外国人，也能够看到外国小孩在院子里零星的玩着。

鲁迅先生隔壁挂着一块大的牌子，上面写着一个“茶”字。

在一九三五年十月一日。

鲁迅先生的客厅里摆着长桌，长桌是黑色的，油漆不十分新鲜，但也并不破旧，桌上没有铺什么桌布，只在长桌的当处摆着一个绿豆青色的花瓶，花瓶里长着几株大叶子的万年青。围着长桌有七八张木椅子。尤其是在夜里，全弄堂一点什么声音也听不到。

那夜，就和鲁迅先生和许先生一道坐在长桌旁边喝茶的。当夜谈了许多关于伪满洲国的事情，从饭后谈起，一直谈到九点钟十点钟而后到十一点钟。时时想退出来，让鲁迅先生好早点休息，因为我看出来鲁迅先生身体不大好，又加上听许先生说过，鲁迅先生伤风了一个多月，刚好了的。

但鲁迅先生并没有疲倦的样子。虽然客厅里也摆着一张可以卧倒的藤椅，我们劝他几次想让他坐在藤椅上休息一下，但是他没有去，仍旧坐在椅子上。并且还上楼一次，去加穿了一件皮袍子。

那夜鲁迅先生到底讲了些什么，现在记不起来了。也许想起来的不是那夜讲的而是以后讲的也说不定。过了十一点，天就落雨了，雨点淅沥淅沥地打在玻璃窗上，窗子没有窗帘，所以偶一回头，就看到玻璃窗上有小水流往下流。夜已深了，并且落了雨，心里十分着急，几次站起来想要走，但是鲁迅先生和许先生一再说再坐一下："十二点以前终归有车子可搭的。"所以一直坐到将近十二点，才穿起雨衣来，打开客厅外边的响着的铁门，鲁迅先生非要送到铁门外不可。我想为什么他一定要送呢？对于这样年轻的客人，这样地送是应该的吗？雨不会打湿了头发，受了寒伤风不又要继续下去吗？站在铁门外边，鲁迅先生说，并且指着隔壁那家写着"茶"字的大牌子："下次来记住这个'茶'字，就是这个'茶'的隔壁。"而且伸出手去，几乎是触到了钉在铁门旁边的那个九号的“九”字，“下次来记住茶的旁边九号。”

于是脚踏着方块的水门汀，走出弄堂来，回过身去往院子里边看了一看，鲁迅先生那一排房子统统是黑洞洞的，若不是告诉的那样清楚，下次来恐怕要记不住的。

鲁迅先生的卧室，一张铁架大床，床顶上遮着许先生亲手做的白布刺花的围子，顺着床的一边折着两床被子，都是很厚的，是花洋布的被面。挨着门口的床头的方面站着抽屉柜。一进门的左手摆着八仙桌，桌子的两旁藤椅各一，立柜站在和方桌一排的墙角，立柜本是挂衣服的，衣裳却很少，都让糖盒子、饼干桶子、瓜子罐给塞满了。有一次××老板的太太来拿版权的图章花，鲁迅先生就从立柜下边大抽屉里取出的。沿着墙角往窗子那边走，有一张装饰台，桌子上有一个方形的满浮着绿草的玻璃养鱼池，里边游着的不是金鱼而是灰色的扁肚子的小鱼。除了鱼池之外另有一只圆的表，其余那上边满装着书。铁床架靠窗子的那头的书柜里书柜外都是书。最后是鲁迅先生的写字台，那上边也都是书。

鲁迅先生家里，从楼上到楼下，没有一个沙发。鲁迅先生工作时坐的椅子是硬的，到楼下陪客人时坐的椅子又是硬的。

鲁迅先生的写字台面向着窗子，上海弄堂房子的窗子差不多满一面墙那么大，鲁迅先生把它关起来，因为鲁迅先生工作起来有一个习惯，怕吹风，风一吹，纸就动，时时防备着纸跑，文章就写不好。所以屋子里热得和蒸笼似的，请鲁迅先生到楼下去，他又不肯，鲁迅先生的习惯是不换地方。有时太阳照进来，许先生劝他把书桌移开一点都不肯。只有满身流汗。

鲁迅先生的写字桌，铺了张蓝格子的油漆布，四角都用图钉按着。桌子上有小砚台一方，墨一块，毛笔站在笔架上。笔架是烧瓷的，在我看来不很细致，是一个龟，龟背上带着好几个洞，笔就插在那洞里。鲁迅先生多半是用毛笔的，钢笔也不是没有，是放在抽屉里。桌上有一个方大的白瓷的烟灰盒，还有一个茶杯，杯子上戴着盖。

鲁迅先生的习惯与别人不同，写文章用的材料和来信都压在桌子上，把桌子都压得满满的，几乎只有写字的地方可以伸开手，其余桌子的一半被书或纸张占有着。

左手边的桌角上有一个带绿灯罩的台灯，那灯泡是横着装的，在上海那是极普通的台灯。

冬天在楼上吃饭，鲁迅先生自己拉着电线把台灯的机关从棚顶的灯头上拔下，而后装上灯泡子。等饭吃过，许先生再把电线装起来，鲁迅先生的台灯就是这样做成的，拖着一根长长的电线在棚顶上。

鲁迅先生的文章，多半是在这台灯下写。因为鲁迅先生的工作时间，多半是下半夜一两点起，天将明了休息。

卧室就是如此，墙上挂着海婴公子一个月婴孩的油画像。

挨着卧室的后楼里边，完全是书了，不十分整齐，报纸和杂志或洋装的书，都混在这间屋子里，一走进去多少还有些纸张气味。地板被书遮盖得太小了，几乎没有了，大网篮也堆在书中。墙上拉着一条绳子或者是铁丝，就在那上边系了小提盒、铁丝笼之类。风干荸荠就盛在铁丝笼，扯着的那铁丝几乎被压断了在弯弯着。一推开藏书室的窗子，窗子外边还挂着一筐风干荸荠。

“吃吧，多得很，风干的，格外甜。”许先生说。

楼下厨房传来了煎菜的锅铲的响声，并且两个年老的娘姨慢重重地在讲一些什么。

厨房是家庭最热闹的一部分。整个三层楼都是静静的，喊娘姨的声音没有，在楼梯上跑来跑去的声音没有。鲁迅先生家里五六间房子只住着五个人，三位是先生的全家，余下的二位是年老的女佣人。

来了客人都是许先生亲自倒茶，即或是麻烦到娘姨时，也是许先生下楼去吩咐，绝没有站到楼梯口就大声呼唤的时候。所以整个房子都在静悄悄之中。

只有厨房比较热闹了一点，自来水哗哗地流着，洋瓷盆在水门汀的水池子上每拖一下磨着嚓嚓地响，洗米的声音也是嚓嚓的。鲁迅先生很喜欢吃竹笋的，在菜板上切着笋片笋丝时，刀刃每划下去都是很响的。其他比起别人家的厨房来却冷清极了，所以洗米声和切笋声都分开来听得样样清清晰晰。

客厅的一边摆着并排的两个书架，书架是带玻璃橱的，里边有朵斯托益夫斯基的全集和别的外国作家的全集，大半都是日文译本。地板上没有地毯，但擦得非常干净。

海婴公子的玩具橱也站在客厅里，里边是些毛猴子、橡皮人、火车汽车之类，里边装得满满的，别人是数不清的，只有海婴自己伸手到里边找些什么就有什么。过新年时在街上买的兔子灯，纸毛上已经落了灰尘了，仍摆在玩具橱顶上。

客厅只有一个灯头，大概五十烛光。客厅的后门对着上楼的楼梯，前门一打开有一个一方丈大小的花园，花园里没有什么花看，只有一株很高的七八尺高的小树，大概那树是柳桃，一到了春天，容易生长蚜虫，忙得许先生拿着喷蚊虫的机器，一边陪着谈话，一边喷着杀虫药水。沿着墙根，种了一排玉米，许先生说："这玉米长不大的，这土是没有养料的，海婴一定要种。"

春天，海婴在花园里掘着泥沙，培植着各种玩艺。

三楼则特别静了，向着太阳开着两扇玻璃门，门外有一个水门汀的突出的小廊子，春天很温暖的抚摸着门口长垂着的帘子，有时帘子被风打得很高，飘扬的饱满的和大鱼泡似的。那时候隔院的绿树照进玻璃门扇里边来了。

海婴坐在地板上装着小工程师在修着一座楼房，他那楼房是用椅子横倒了架起来修的，而后遮起一张被单来算作屋瓦，全个房子在他自己拍着手的赞誉声中完成了。

这间屋感到些空旷和寂寞，既不像女工住的屋子，又不像儿童室。海婴的眠床靠着屋子的一边放着，那大圆顶帐子日里也不打起来，长拖拖的好像从棚顶一直拖到地板上，那床是非常讲究的，属于刻花的木器一类的。许先生讲过，租这房子时，从前一个房客转留下来的。海婴和他的保姆，就睡在五六尺宽的大床上。

冬天烧过的火炉，三月里还冷冰冰地在地板上站着。

海婴不大在三楼上玩的，除了到学校去，就是在院里踏脚踏车，他非常欢喜跑跳，所以厨房、客厅、二楼，他是无处不跑的。

三楼整天在高处空着，三楼的后楼住着另一个老女工，一天很少上楼来，所以楼梯擦过后，一天到晚干净的溜明。

一九三六年三月里鲁迅先生病了，靠在二楼的躺椅上，心脏跳动得比平日厉害，脸色略微灰了一点。

许先生正相反的，脸色是红的，眼睛显得大了，讲话的声音是平静的，态度并没有比平日慌张。在楼下一走进客厅来许先生就告诉说：

“周先生病了，气喘……喘得厉害，在楼上靠在躺椅上。”

鲁迅先生呼喘的声音，不用走到他的旁边，一进了卧室就听得到的。鼻子和胡须在扇着，胸部一起一落。眼睛闭着，差不多永久不离开手的纸烟，也放弃了。藤椅后边靠着枕头，鲁迅先生的头有些向后，两只手空闲地垂着。眉头仍和平日一样没有聚皱，脸上是平静的，舒展的，似乎并没有任何痛苦加在身上。

“来了吧？”鲁迅先生睁一睁眼睛，“不小心，着了凉呼吸困难……到藏书的房子去翻一翻书……那房子因为没有人住，特别凉……回来就……”

许先生看周先生说话吃力，赶紧接着说周先生是怎样气喘的。

医生看过了，吃了药，但喘并未停。下午医生又来过，刚刚走。

卧室在黄昏里边一点一点地暗下去，外边起了一点小风，隔院的树被风摇着发响。别人家的窗子有的被风打着发出自动关开的响声，家家的流水道都是哗啦哗啦的响着水声，一定是晚餐之后洗着杯盘的剩水。晚餐后该散步的散步去了，该会朋友的会朋友去了，弄堂里来去的稀疏不断地走着人，而娘姨们还没有解掉围裙呢，就依着后门彼此搭讪起来。小孩子们三五一伙前门后门地跑着，弄堂外汽车穿来穿去。

鲁迅先生坐在躺椅上，沉静地，不动地阖着眼睛，略微灰了的脸色被炉里的火染红了一点。纸烟听子蹲在书桌上，盖着盖子，茶杯也蹲在桌子上。

许先生轻轻地在楼梯上走着，许先生一到楼下去，二楼就只剩了鲁迅先生一个人坐在椅子上，呼喘把鲁迅先生的胸部有规律性的抬得高高的。

“鲁迅先生必得休息的。”须藤医生这样说的。可是鲁迅先生从此不但没有休息，并且脑子里所想的更多了，要做的事情都像非立刻就做不可，校《海上述林》的校样，印珂勒惠支的画，翻译《死魂灵》下部，刚好了，这些就都一起开始了，还计算着出三十年集（即鲁迅全集）。

鲁迅先生感到自己的身体不好，就更没有时间注意身体，所以要多做，赶快做。当时大家不解其中的意思，都以为鲁迅先生对于休息不以为然，后来读了鲁迅先生《死》的那篇文章才了然了。

鲁迅先生知道自己的健康不成了，工作的时间没有几年了，死了是不要紧的，只要留给人类更多，鲁迅先生就是这样。

不久书桌上德文字典和日文字典都摆起来了，果戈里的《死魂灵》，又开始翻译了。

鲁迅先生的身体不大好，容易伤风，伤风之后，照常要陪客人，回信，校稿子。所以伤风之后总要拖下去一个月或半个月的。

瞿秋白的《海上述林》校样，一九三五年冬，一九三六年的春天，鲁迅先生不断地校着，几十万字的校样，要看三遍，而印刷所送校样来总是十页八页的，并不是统统一道地送来，所以鲁迅先生不断地被这校样催索着，鲁迅先生竟说：

“看吧，一边陪着你们谈话，一边看校样，眼睛可以看，耳朵可以听……”

有时客人来了，一边说着笑话，鲁迅先生一边放下了笔。有的时候也说：“剩几个字了……请坐一坐……”

一九三五年冬天许先生说：

“周先生的身体是不如从前了。”

有一次鲁迅先生到饭馆里去请客，来的时候兴致很好，还记得那次吃了一只烤鸭子，整个的鸭子用大钢叉子叉上来时，大家看这鸭子烤的又油又亮的，鲁迅先生也笑了。

菜刚上满了，鲁迅先生就到躺椅上吸一支烟，并且阖一阖眼睛。一吃完了饭，有的喝多了酒的，大家都闹乱了起来，彼此抢着苹果，彼此讽刺着玩，说着一些人可笑的话。而鲁迅先生这时候，坐在躺椅上，阖着眼睛，很庄严地在沉默着，让拿在手上纸烟的烟丝，袅袅地上升着。

别人以为鲁迅先生也是喝多了酒吧！

许先生说，并不的。

“周先生的身体是不如从前了，吃过了饭总要闭一闭眼睛稍微休息一下，从前一向没有这习惯。”

周先生从椅子上站起来了，大概说他喝多了酒的话让他听到了。

“我不多喝酒的。小的时候，母亲常提到父亲喝了酒，脾气怎样坏，母亲说，长大了不要喝酒，不要像父亲那样子……

所以我不多喝的……从来没喝醉过……”

鲁迅先生休息好了，换了一支烟，站起来也去拿苹果吃，可是苹果没有了。鲁迅先生说：

“我争不过你们了，苹果让你们抢没了。”

有人抢到手的还在保存着的苹果，奉献出来，鲁迅先生没有吃，只在吸烟。

一九三六年春，鲁迅先生的身体不大好，但没有什么病，吃过了夜饭，坐在躺椅上，总要闭一闭眼睛沉静一会。

许先生对我说，周先生在北平时，有时开着玩笑，手按着桌子一跃就能够跃过去，而近年来没有这么做过。大概没有以前那么灵便了。

这话许先生和我是私下讲的：鲁迅先生没有听见，仍靠在躺椅上沉默着呢。

许先生开了火炉门，装着煤炭哗哗地响，把鲁迅先生震醒了。一讲起话来鲁迅先生的精神又照常一样。

鲁迅先生睡在二楼的床上已经一个多月了，气喘虽然停止。但每天发热，尤其是在下午热度总在三十八度三十九度之间，有时也到三十九度多，那时鲁迅先生的脸是微红的，目力是疲弱的，不吃东西，不大多睡，没有一些呻吟，似乎全身都没有什么痛楚的地方。躺在床上的时候张开眼睛看着，有的时候似睡非睡的安静地躺着，茶吃得很少。差不多一刻也不停地吸烟，而今几乎完全放弃了，纸烟听子不放在床边，而仍很远的蹲在书桌上，若想吸一支，是请许先生付给的。

许先生从鲁迅先生病起，更过度地忙了。按着时间给鲁迅先生吃药，按着时间给鲁迅先生试温度表，试过了之后还要把一张医生发给的表格填好，那表格是一张硬纸，上面画了无数根线，许先生就在这张纸上拿着米度尺画着度数，那表面画得和尖尖的小山丘似的，又像尖尖的水晶石，高的低的一排连一排地站着。许先生虽每天画，但那像是一条接连不断的线，不过从低处到高处，从高处到低处，这高峰越高越不好，也就是鲁迅先生的热度越高了。

来看鲁迅先生的人，多半都不到楼上来了，为的请鲁迅先生好好地静养，所以把陪客人这些事也推到许先生身上来了。还有书、报、信，都要许先生看过，必要的就告诉鲁迅先生，不十分必要的，就先把它放在一处放一放，等鲁迅先生好些了再取出来交给他。然而这家庭里边还有许多琐事，比方年老的娘姨病了，要请两天假；海婴的牙齿脱掉一个要到牙医那里去看过，但是带他去的人没有，又得许先生。海婴在幼稚园里读书，又是买铅笔，买皮球，还有临时出些个花头，跑上楼来了，说要吃什么花生糖，什么牛奶糖，他上楼来是一边跑着一边喊着，许先生连忙拉住了他，拉他下了楼才跟他讲：

“爸爸病啦。”而后拿出钱来，嘱咐好了娘姨，只买几块糖而不准让他格外的多买。

收电灯费的来了，在楼下一打门，许先生就得赶快往楼下跑，怕的是再多打几下，就要惊醒了鲁迅先生。

海婴最喜欢听讲故事，这也是无限的麻烦，许先生除了陪海婴讲故事之外，还要在长桌上偷一点工夫来看鲁迅先生为有病耽搁下来尚未校完的校样。

在这期间，许先生比鲁迅先生更要担当一切了。

鲁迅先生吃饭，是在楼上单开一桌，那仅仅是一个方木桌，许先生每餐亲手端到楼上去，每样都用小吃碟盛着，那小吃碟直径不过二寸，一碟豌豆苗或菠菜或苋菜，把黄花鱼或者鸡之类也放在小碟里端上楼去。若是鸡，那鸡也是全鸡身上最好的一块地方拣下来的肉；若是鱼，也是鱼身上最好一部分，许先生才把它拣下放在小碟里。

许先生用筷子来回地翻着楼下的饭桌上菜碗里的东西，菜拣嫩的，不要茎，只要叶，鱼肉之类，拣烧得软的，没有骨头没有刺的。

心里存着无限的期望，无限的要求，用了比祈祷更虔诚的目光，许先生看着她自己手里选得精精致致的菜盘子，而后脚板触了楼梯上了楼。

希望鲁迅先生多吃一口，多动一动筷，多喝一口鸡汤。鸡汤和牛奶是医生所嘱的，一定要多吃一些的。

把饭送上去，有时许先生陪在旁边，有时走下楼来又做些别的事，半个钟头之后，到楼上去取这盘子。这盘子装得满满的，有时竟照原样一动也没有动又端下来了，这时候许先生的眉头微微地皱了一点。旁边若有什么朋友，许先生就说："周先生的热度高，什么也吃不落，连茶也不愿意吃，人很苦，人很吃力。"

有一天许先生用波浪式的专门切面包的刀切着面包，是在客厅后边方桌上切的，许先生一边切着一边对我说：

"劝周先生多吃东西，周先生说，人好了再保养，现在勉强吃也是没有用的。"

许先生接着似乎问着我：

"这也是对的？"

而后把牛奶面包送上楼去了。一碗烧好的鸡汤，从方盘里许先生把它端出来了，就摆在客厅后的方桌上。许先生上楼去了，那碗热的鸡汤在方桌上自己悠然地冒着热气。

许先生由楼上回来还说呢：

"周先生平常就不喜欢吃汤之类，在病里，更勉强不下了。"

许先生似乎安慰着自己似的。

"周先生人强，喜欢吃硬的，油炸的，就是吃饭也喜欢吃硬饭……"

许先生楼上楼下地跑，呼吸有些不平静，坐在她旁边，似乎可以听到她心脏的跳动。

鲁迅先生开始独桌吃饭以后，客人多半不上楼来了，经许先生婉言把鲁迅先生健康的经过报告了之后就走了。

鲁迅先生在楼上一天一天地睡下去，睡了许多日子，都寂寞了，有时大概热度低了点就问许先生：

“什么人来过吗？”

看鲁迅先生好些，就一一地报告过。

有时也问到有什么刊物来吗？

鲁迅先生病了一个多月了。

证明了鲁迅先生是肺病，并且是肋膜炎，须藤老医生每天来了，为鲁迅先生把肋膜积水用打针的方法抽净，共抽过两三次。

这样的病，为什么鲁迅先生一点也不晓得呢？许先生说，周先生有时觉得肋痛了就自己忍着不说，所以连许先生也不知道，鲁迅先生怕别人晓得了又要不放心，又要看医生，医生一定又要说休息。鲁迅先生自己知道做不到的。

福民医院美国医生的检查，说鲁迅先生肺病已经二十年了。这次发了怕是很严重。

医生规定个日子，请鲁迅先生到福民医院去详细检查，要照X光的。但鲁迅先生当时就下楼是下不得的，又过了许多天，鲁迅先生到福民医院去检查病去了。照X光后给鲁迅先生照了一个全部的肺部的照片。

这照片取来的那天许先生在楼下给大家看了，右肺的上尖是黑的，中部也黑了一块，左肺的下半部都不大好，而沿着左肺的边边黑了一大圈。

这之后，鲁迅先生的热度仍高，若再这样热度不退，就很难抵抗了。

那查病的美国医生，只查病，而不给药吃，他相信药是没有用的。

须藤老医生，鲁迅先生早就认识，所以每天来，他给鲁迅先生吃了些退热药，还吃停止肺病菌活动的药。他说若肺不再坏下去，就停止在这里，热自然就退了，人是不危险的。

在楼下的客厅里，许先生哭了。许先生手里拿着一团毛线，那是海婴的毛线衣拆了洗过之后又团起来的。

鲁迅先生在无欲望状态中，什么也不吃，什么也不想，睡觉似睡非睡的。

天气热起来了，客厅的门窗都打开着，阳光跳跃在门外的花园里。麻雀来了停在夹竹桃上叫了三两声就飞去，院子里的小孩们唧唧喳喳地玩耍着，风吹进来好像带着热气，扑到人的身上，天气刚刚发芽的春天，变为夏天了。

楼上老医生和鲁迅先生谈话的声音隐约可以听到。

楼下又来客人，来的人总要问：

“周先生好一点吗？”

许先生照常说："还是那样子。"

但今天说了眼泪又流了满脸。一边拿起杯子来给客人倒茶，一边用左手拿着手帕按着鼻子。

客人问：

"周先生又不大好吗？"

许先生说：

"没有的，是我心窄。"

过了一会鲁迅先生要找什么东西，喊许先生上楼去，许先生连忙擦着眼睛，想说她不上楼的，但左右看了一看，没有人能代替了她，于是带着她那团还没有缠完的毛线球上楼去了。

楼上坐着老医生，还有两位探望鲁迅先生的客人。许先生一看了他们就自己低了头不好意思地笑了，她不敢到鲁迅先生的面前去，背转着身问鲁迅先生要什么呢，而后又是慌忙地把毛线缕挂在手上缠了起来。

一直到送老医生下楼，许先生都是把背向着鲁迅先生而站着的。

每次老医生走，许先生都是替老医生提着皮提包送到前门外的。许先生愉快地、沉静地带着笑容打开铁门闩，很恭敬地把皮包交给老医生，眼看着老医生走了才进来关了门。

这老医生出入在鲁迅先生的家里，连老娘姨对他都是尊敬的，医生从楼上下来时，娘姨若在楼梯的半道，赶快下来躲开，站到楼梯的旁边。有一天老娘姨端着一个杯子上楼，楼上医生和许先生一道下来了，那老娘姨躲闪不灵，急得把杯里的茶都颠出来了。等医生走过去，已经走出了前门，老娘姨还在那里呆呆地望着。

“周先生好了点吧？”

有一天许先生不在家，我问着老娘姨。她说：

“谁晓得，医生天天看过了不声不响地就走了。”

可见老娘姨对医生每天是怀着期望的眼光看着他的。

许先生很镇静，没有紊乱的神色，虽然说那天当着人哭过一次，但该做什么，仍是做什么，毛线该洗的已经洗了，晒的已经晒起，晒干了的随手就把它团起团子。

“海婴的毛线衣，每年拆一次，洗过之后再重打起，人一年一年地长，衣裳一年穿过，一年就小了。”

在楼下陪着熟的客人，一边谈着，一边开始手里动着竹针。

这种事情许先生是偷空就做的，夏天就开始预备着冬天的，冬天就做夏天的。

许先生自己常常说：

“我是无事忙。”

这话很客气，但忙是真的，每一餐饭，都好像没有安静地吃过。海婴一会要这个，要那个；若一有客人，上街临时买菜，下厨房煎炒还不说，就是摆到桌子上来，还要从菜碗里为着客人选好的夹过去。饭后又是吃水果，若吃苹果还要把皮削掉，若吃荸荠看客人削得慢而不好也要削了送给客人吃，那时鲁迅先生还没有生病。

许先生除了打毛线衣之外，还用机器缝衣裳，剪裁了许多件海婴的内衫裤在窗下缝。

因此许先生对自己忽略了，每天上下楼跑着，所穿的衣裳都是旧的，次数洗得太多，钮扣都洗脱了，也磨破了，都是几年前的旧衣裳，春天时许先生穿了一个紫红宁绸袍子，那料子是海婴在婴孩时候别人送给海婴做被子的礼物。做被子，许先生说很可惜，就拣起来做一件袍子。正说着，海婴来了，许先生使眼神，且不要提到，若提到海婴又要麻烦起来了，一要说是他的，他就要要。

许先生冬天穿一双大棉鞋，是她自己做的。一直到二三月早晚冷时还穿着。

有一次我和许先生在小花园里拍一张照片，许先生说她的纽扣掉了，还拉着我站在她前边遮着她。

许先生买东西也总是到便宜的店铺去买，再不然，到减价的地方去买。

处处俭省，把俭省下来的钱，都印了书和印了画。

现在许先生在窗下缝着衣裳，机器声格哒格哒的，震着玻璃门有些颤抖。

窗外的黄昏，窗内许先生低着的头，楼上鲁迅先生的咳嗽声，都搅混在一起了，重续着、埋藏着力量。在痛苦中，在悲哀中，一种对于生的强烈的愿望站得和强烈的火焰那样坚定。

许先生的手指把捉了在缝的那张布片，头有时随着机器的力量低沉了一两下。

许先生的面容是宁静的、庄严的、没有恐惧的，她坦荡地在使用着机器。

海婴在玩着一大堆黄色的小药瓶，用一个纸盒子盛着，端起来楼上楼下地跑。向着阳光照是金色的，平放着是咖啡色的，他召集了小朋友来，他向他们展览，向他们夸耀，这种玩艺只有他有而别人不能有。他说：

“这是爸爸打药针的药瓶，你们有吗？”

别人不能有，于是他拍着手骄傲地呼叫起来。

许先生一边招呼着他，不叫他喊，一边下楼来了。

“周先生好了些？”

见了许先生大家都是这样问的。

“还是那样子，”许先生说，随手抓起一个海婴的药瓶来，“这不是么，这许多瓶子，每天打针，药瓶也积了一大堆。”

许先生一拿起那药瓶，海婴上来就要过去，很宝贵地赶快把那小瓶摆到纸盒里。

在长桌上摆着许先生自己亲手做的蒙着茶壶的棉罩子，从那蓝缎子的花罩下拿着茶壶倒着茶。

楼上楼下都是静的了，只有海婴快活的和小朋友们的吵嚷躲在太阳里跳荡。

海婴每晚临睡时必向爸爸妈妈说："明朝会！"

有一天他站在上三楼去的楼梯口上喊着：

"爸爸，明朝会！"

鲁迅先生那时正病的沉重，喉咙里边似乎有痰，那回答的声音很小，海婴没有听到，于是他又喊：

"爸爸，明朝会！"他等一等，听不到回答的声音，他就大声地连串地喊起来：

"爸爸，明朝会，爸爸，明朝会，……爸爸，明朝会……"

他的保姆在前边往楼上拖他，说是爸爸睡下了，不要喊了。可是他怎么能够听呢，仍旧喊。

这时鲁迅先生说"明朝会"，还没有说出来喉咙里边就像有东西在那里堵塞着，声音无论如何放不大。到后来，鲁迅先生挣扎着把头抬起来才很大声地说出：

"明朝会，明朝会。"

说完了就咳嗽起来。

许先生被惊动得从楼下跑来了，不住地训斥着海婴。

海婴一边哭着一边上楼去了，嘴里唠叨着：

"爸爸是个聋人哪！"

鲁迅先生没有听到海婴的话，还在那里咳嗽着。

鲁迅先生在四月里，曾经好了一点，有一天下楼去赴一个约会，把衣裳穿的整整齐齐，手下夹着黑花布包袱，戴起帽子来，出门就走。

许先生在楼下正陪客人，看鲁迅先生下来了，赶快说：

“走不得吧，还是坐车子去吧。”

鲁迅先生说：“不要紧，走得动的。”

许先生再加以劝说，又去拿零钱给鲁迅先生带着。

鲁迅先生说不要不要，坚决地走了。

“鲁迅先生的脾气很刚强。”

许先生无可奈何的，只说了这一句。

鲁迅先生晚上回来，热度增高了。

鲁迅先生说：

“坐车子实在麻烦，没有几步路，一走就到。还有，好久不出去，愿意走走……动一动就出毛病……还是动不得……”

病压服着鲁迅先生又躺下了。

七月里，鲁迅先生又好些。

药每天吃，记温度的表格照例每天好几次在那里画，老医生还是照常地来，说鲁迅先生就要好起来了。说肺部的菌已经停止了一大半，肋膜也好了。

客人来差不多都要到楼上来拜望拜望。鲁迅先生带着久病初愈的心情，又谈起话来，披了一张毛巾子坐在躺椅上，纸烟又拿在手里了，又谈翻译，又谈某刊物。

一个月没有上楼去，忽然上楼还有些心不安，我一进卧室的门，觉得站也没地方站，坐也不知坐在哪里。

许先生让我吃茶，我就依着桌子边站着。好像没有看见那茶杯似的。

鲁迅先生大概看出我的不安来了，便说：

“人瘦了，这样瘦是不成的，要多吃点。”

鲁迅先生又在说玩笑话了。

“多吃就胖了，那么周先生为什么不多吃点？”

鲁迅先生听了这话就笑了，笑声是明朗的。

从七月以后鲁迅先生一天天地好起来了，牛奶，鸡汤之类，为了医生所嘱也隔三差五地吃着，人虽是瘦了，但精神是好的。

鲁迅先生说自己体质的本质是好的，若差一点的，就让病打倒了。

这一次鲁迅先生保持了很久时间，没有下楼更没有到外边去过。

在病中，鲁迅先生不看报，不看书，只是安静地躺着。但有一张小画是鲁迅先生放在床边上不断看着的。

那张画，鲁迅先生未生病时，和许多画一道拿给大家看过的，小得和纸烟包里抽出来的那画片差不多。那上边画着一个穿大长裙子飞散着头发的女人在大风里边跑，在她旁边的地面上还有小小的红玫瑰的花朵。

记得是一张苏联某画家着色的木刻。

鲁迅先生有很多画，为什么只选了这张放在枕边。

许先生告诉我的，她也不知道鲁迅先生为什么常常看这小画。

有人来问他这样那样的，他说：

“你们自己学着做，若没有我呢！”

这一次鲁迅先生好了。

还有一样不同的，觉得做事要多做……

鲁迅先生以为自己好了，别人也以为鲁迅先生好了。

准备冬天要庆祝鲁迅先生工作三十年。

又过了三个月。

一九三六年十月十七日，鲁迅先生病又发了，又是气喘。

十七日，一夜未眠。

十八日，终日喘着。

十九日的下半夜，人衰弱到极点了。天将发白时，鲁迅先生就像他平日一样，工作完了，他休息了。

一九三九年十月

第五辑

断　章

王婆半日的痛苦没有代价了！王婆一生的痛苦也都是没有代价。

生死场（节选）

三　老马走进屠场

老马走上进城的大道，“私宰场”就在城门的东边。那里的屠刀正张着，在等待这个残老的动物。

老王婆不牵着她的马儿，在后面用一条短枝驱着它前进。

大树林子里有黄叶回旋着，那是些呼叫着的黄叶。望向林子的那端，全林的树棵，仿佛是关落下来的大伞。凄沉的阳光，晒着所有的秃树。田间望遍了远近的人家。深秋的田地好像没有感觉的光了毛的皮革远近平铺着。夏季埋在植物里的家屋，现在明显的好像突出地面一般，好像新从地面突出。

深秋带来的黄叶，赶走了夏季的蝴蝶。一张叶子落到王婆的头上，叶子是安静的伏贴在那里。王婆驱着她的老马，头上顶着飘落的黄叶；老马，老人，配着一张老的叶子，他们走在进城的大道。

道口渐渐看见人影，渐渐看见那个人吸烟，二里半迎面来了。他长形的脸孔配起摆动的身子来，有点像一个驯顺的猿猴。他说：“唉呀！起得太早啦！进城去有事吗？怎么驱着马进城，不装车粮拉着？”

振一振袖子，把耳边的头发向后抚弄一下，王婆的手颤抖着说了：“到日子了呢！下汤锅去吧！”王婆什么心情也没有，她看着马在吃道旁的叶子，她用短枝驱着又前进了。

二里半感到非常悲痛。他痉挛着了。过了一个时刻转过身来，他赶上去说：“下汤锅是下不得的，……下汤锅是下不得……”但是怎样办呢？二里半连半句语言也没有了！他扭歪着身子跨到前面，用手摸一摸马儿的鬃发。老马立刻响着鼻子了！它的眼睛哭着一般，湿润而模糊。悲伤立刻掠过王婆的心孔。哑着嗓子，王婆说：“算了吧！算了吧！不下汤锅，还不是等着饿死吗？”

深秋秃叶的树，为了惨厉的风变，脱去了灵魂一般吹啸着。马行在前面，王婆随在后面，一步一步屠场近着了；一步一步风声送着老马归去。

王婆她自己想着：一个人怎么变得这样利害？年青的时候，不是常常为着送老马或是老牛进过屠场吗？她颤寒起来，幻想着屠刀要像穿过自己的背脊，于是，手中的短枝脱落了！她茫然晕昏地停在道旁，头发舞着好像个鬼魂样。等她重新拾起短枝来，老马不见了！它到前面小水沟的地方喝水去了！这是它最末一次饮水吧！老马需要饮水，它也需要休息，在水沟旁倒卧下了！它慢慢呼吸着。王婆用低音，慈和的音调呼唤着：“起来吧！走进城去吧，有什么法子呢？”马仍然仰卧着。王婆看一看日午了，还要赶回去烧午饭，但，任她怎样拉缰绳，马仍是没有移动。

王婆恼怒着了！她用短枝打着它起来。虽是起来，老马仍然贪恋着小水沟。王婆因为苦痛的人生，使她易于暴怒，树枝在马儿的脊骨上断成条块。

又安然走在大道上了！经过一些荒凉的家屋，经过几座颓败的小庙。一个小庙前躺着个死了的小孩，那是用一捆谷草束扎着的。孩子小小的头顶露在外面，可怜的小脚从草梢直伸出来；他是谁家的孩子睡在这旷野的小庙前？

屠场近着了，城门就在眼前，王婆的心更翻着不停了。

五年前它也是一匹年青的马，为了耕种，伤害得只有毛皮蒙遮着骨架。现在它是老了！秋末了！收割完了！没有用处了！只为一张马皮，主人忍心把它送进屠场。就是一张马皮的价值，地主又要从王婆的手里夺去。

王婆的心自己感觉得好像悬起来；好像要掉落一般，当她看见板墙钉着一张牛皮的时候。那一条小街尽是一些要摊落的房屋；女人啦，孩子啦，散集在两旁。地面踏起的灰粉，污没着鞋子；冲上人的鼻孔。孩子们拾起土块，或是垃圾团打击着马儿，王婆骂道：

"该死的呀！你们这该死的一群。"

这是一条短短的街。就在短街的尽头，张开两张黑色的门扇。再走近一点，可以发见门扇斑斑点点的血印。被血痕所恐吓的老太婆好像自己踏在刑场了！她努力镇压着自己，不让一些年青时所见到刑场上的回忆翻动。但，那回忆却连续的开始织张：——一个小伙子倒下来了，一个老头也倒下来了！挥刀的人又向第三个人作着式子。

仿佛是箭，又像火刺烧着王婆，她看不见那一群孩子在打马，她忘记怎样去骂那一群顽皮的孩子。走着，走着，立在院心了。四面板墙钉住无数张毛皮。靠近房檐立了两条高杆，高杆中央横着横梁；马蹄或是牛蹄折下来用麻绳把两只蹄端扎连在一起，做一个叉形挂在上面，一团一团的肠子也搅在上面；肠子因为日久了，干成黑色不动而僵直的片状的绳索。并且那些折断的腿骨，有的从折断处涔滴着血。

在南面靠墙的地方也立着高杆，杆头晒着在蒸气的肠索。这是说，那个动物是被杀死不久哩！肠子还热着呀！

满院在蒸发腥气，在这腥味的人间，王婆快要变做一块铅了！沉重而没有感觉了！

老马——棕色的马，它孤独的站在板墙下，它借助那张钉好的毛皮在搔痒。此刻它仍是马，过一会它将也是一张皮了！

一个大眼睛的恶面孔跑出来，裂着胸襟。说话时，可见他胸膛在起伏：

“牵来了吗？啊！价钱好说，我好来看一下。”

王婆说：“给几个钱我就走了！不要麻烦啦。”

那个人打一打马的尾巴，用脚踢一踢马蹄；这是怎样难忍的一刻呀！

王婆得到三张票子，这可以充纳一亩地租。看着钱比较自慰些，她低着头向大门出去，她想还余下一点钱到酒店去买一点酒带回去，她已经跨出大门，后面发着响声：

“不行，不行，……马走啦！”

王婆回过头来，马又走在后面；马什么也不知道，仍想回家。屠场中出来一些男人，那些恶面孔们，想要把马抬回去，终于马躺在道旁了！像树根盘结在地中。无法，王婆又走回院中，马也跟回院中。她给马搔着头顶，它渐渐卧在地面了！渐渐想睡着了！忽然王婆站起来向大门奔走。在道口听见一阵关门声。

她那有心肠买酒？她哭着回家，两只袖子完全湿透。那好像是送葬归来一般。

家中地主的使人早等在门前，地主们就连一块铜板也从不舍弃在贫农们的身上，那个使人取了钱走去。

王婆半日的痛苦没有代价了！王婆一生的痛苦也都是没有代价。

呼兰河传（节选）

第二章

一

呼兰河除了这些卑琐平凡的实际生活之外，在精神上，也还有不少的盛举，如

跳大神；

唱秧歌；

放河灯；

野台子戏；

四月十八娘娘庙大会……

先说大神。大神是会治病的，她穿着奇怪的衣裳，那衣裳平常的人不穿。红的，是一张裙子，那裙子一围在她的腰上，她的人就变样了。开初，她并不打鼓，只是一围起那红花裙子就哆嗦。从头到脚，无处不哆嗦，哆嗦了一阵之后，又开始打颤。她闭着眼睛，嘴里边叽咕的。每一打颤，就装出来要倒的样子。把四边的人都吓得一跳，可是她又坐住了。

大神坐的是凳子，她的对面摆着一块牌位，牌位上贴着红纸，写着黑字。那牌位越旧越好，好显得她一年之中跳神的次数不少，越跳多了就越好，她的信用就远近皆知。她的生意就会兴隆起来。那牌前，点着香，香烟慢慢的旋着。

那女大神多半在香点了一半的时候神就下来了。那神一下来，可就威风不同，好像有万马千军让她领导似的，她全身是劲，她站起来乱跳。

大神的旁边，还有一个二神，当二神的都是男人。他并不昏乱，他是清晰如常的，他赶快把一张圆鼓交到大神的手里，大神拿了这鼓，站起来就乱跳，先诉说那附在她身上的神灵的下山的经历，是乘着云，是随着风，或者是驾雾而来，说得非常之雄壮。二神站在一边，大神问他什么，他回答什么。好的二神是对答如流的，坏的二神，一不加小心说冲着了大神的一字，大神就要闹起来的。大神一闹起来的时候，她也没有别的办法，只是打着鼓，乱骂一阵，说这的病人，不出今夜就必得死的，死了之后，还会游魂不散，家族，亲戚，乡里都要招灾的。这时吓得那请神的人家赶快烧香点酒，烧香点酒之后，若再不行，就得赶送上红布来，把红布挂在牌位上，若再不行，就得杀鸡，若闹到了杀鸡这个阶段，就多半不能再闹了。因为再闹就没有什么想头了。

这鸡，这布，一律都归大神所有，跳过了神之后，她把鸡拿回家去自己煮上吃了。把红布用蓝靛染了之后，做起裤子来穿了。

有的大神，一上手就百般的下不来神。请神的人家就得赶快的杀鸡来，若一杀慢了，等一会跳到半道就要骂的，谁家请神都是为了治病，让大神骂，是非常不吉利的。所以对大神是非常尊敬的，又非常怕。

跳大神，大半是天黑跳起，只要一打起鼓来，就男女老幼，都往这跳神的人家跑，若是夏天，就屋里屋外都挤满了人。还有些女人，拉着孩子，抱着孩子，哭天叫地的从墙头上跳过来，跳过来看跳神的。

跳到半夜时分，要送神归山了，那时候，那鼓打得分外的响，大神唱得也分外的好听，邻居左右，十家二十家的人家都听得到，使人听了起着一种悲凉的情绪，二神嘴里唱：

“大仙家回山了，要慢慢的走，要慢慢的行。”

大神说：

“我的二仙家，青龙山，白虎山……夜行三千里，乘着风儿不算难……”

这唱着的词调，混合着鼓声，从几十丈远的地方传来，实在是冷森森的，越听就越悲凉。听了这种鼓声，往往终夜而不能眠的人也有。

请神的人家为了治病，可不知那家的病人好了没有？却使邻居街坊感慨兴叹，终夜而不能已的也常常有。

满天星光，满屋月亮，人生何如，为什么这么悲凉。

过了十天半月的，又是跳神的鼓，当当的响。于是人们又都着了慌，爬墙的爬墙，登门的登门，看看这一家的大神，显的是什么本领，穿的是什么衣裳。听听她唱的是什么腔调，看看她的衣裳漂亮不漂亮。

跳到了夜静时分，又是送神回山。送神回山的鼓，个个都打得漂亮。

若赶上一个下雨的夜，就特别凄凉，寡妇可以落泪，鳏夫就要起来彷徨。

那鼓声就好像故意招惹那般不幸的人，打得有急有慢，好像一个迷路的人在夜里诉说着他的迷惘，又好像不幸的老人在回想着他幸福的短短的幼年。又好像慈爱的母亲送着她的儿子远行。又好像是生离死别，万分的难舍。

人生为了什么，才有这样凄凉的夜。

似乎下回再有打鼓的连听也不要听了。其实不然，鼓一响就又是上墙头的上墙头，侧着耳朵听的侧着耳朵在听，比西洋人赴音乐会更热心。

二

七月十五盂兰会，呼兰河上放河灯了。

河灯有白菜灯，西瓜灯，还有莲花灯。

和尚，道士吹着笙、管、笛、箫，穿着拼金大红缎子的褊衫。在河沿上打起场子来在做道场。那乐器的声音离开河沿二里路就听到了。

一到了黄昏，天还没有完全黑下来，奔着去看河灯的人就络绎不绝了。小街小巷，那怕终年不出门的人，也要随着人群奔到河沿去。先到了河沿的就蹲在那里。沿着河岸蹲满了人，可是从大街小巷往外出发的人仍是不绝，瞎子，瘸子都来看河灯（这里说错了，唯独瞎子是不来看河灯的），把街道跑得冒了烟了。

姑娘，媳妇，三个一群，两个一伙，一出了大门，不用问，到那里去，就都是看河灯去。

黄昏时候的七月，火烧云刚刚落下去，街道发着微微的白光，嘁嘁喳喳，把往日的寂静都冲散了，个个街道都活了起来，好像这城里发生了大火，人们都赶去救火的样子。非常忙迫，踢踢踏踏的向前跑。

先跑到了河沿的就蹲在那里，后跑到的，也就挤上去蹲在那里。

大家一齐等候着，等候着月亮高起来，河灯就要从水上放下来了。

七月十五是个鬼节，死了的冤魂怨鬼，不得脱生，缠绵在地狱里边是非常苦的，想脱生，又找不着路。这一天若是每个鬼托着一个河灯，就可得以脱生。大概从阴间到阳间的这一条路，非常之黑，若没有灯是看不见路的。所以放河灯这件事情是件善举。可见活着的正人君子们，对着那些已死的冤魂冤鬼还没有完全忘记。

但是这其间也有一个矛盾，就是七月十五这夜生的孩子，怕是都不大好，多半都是野鬼托着个莲花灯投生而来的。这个孩子长大了将不被父母所喜欢，长到结婚的年龄，男女两家必要先对过生日时辰，才能够结亲。若是女家生在七月十五，这女子就很难出嫁，必须改了生日，欺骗了男家。若是男家七月十五的生日，也不大好，不过若是财产丰富的，也就没有多大关系，嫁是可以嫁过去的，虽然就是一个恶鬼，有了钱大概怕也不怎样恶了。但在女子这方面可就万万不可，绝对的不可以。若是有钱的寡妇的独养女，又当别论，因为娶了这姑娘可以有一份财产在那里晃来晃去，就是娶了而带不过财产来，先说那一份妆奁也是少不了的。假说女子就是一个恶鬼的化身，但那也不要紧。

平常的人说："有钱能使鬼推磨。"似乎人们相信鬼是假的，有点不十分真。

但是当河灯一放下来的时候，和尚为着庆祝鬼们更生，打着鼓，叮咚的响。念着经，好像紧急符咒似的，表示着，这一工夫可是千金一刻，且莫匆匆的让过，诸位男鬼女鬼，赶快托着灯去投生吧。

念完了经，就吹笙管笛箫，那声音实在好听，远近皆闻。

同时那河灯从上流拥拥挤挤，往下浮来了。浮得很慢，又镇静，又稳当，绝对的看不出来水里边会有鬼们来捉了它们去。

这灯一下来的时候，金忽忽的，亮通通的，又加上有千万人的观众，这举动实在是不小的。河灯之多，有数不过来的数目，大概是几千百只。两岸上的孩子们，拍手叫绝，跳脚欢迎。大人则都看出了神了，一声不响，陶醉在灯光河色之中。灯光照得河水幽幽的发亮。水上跳跃着天空的月亮。真是人生何世，会有这样好的景况。

一直闹到月亮来到了中天，大卯星，二卯星，三卯星都出齐了的时候，才算渐渐的从繁华的景况，走向了冷静的路去。

河灯从几里路长的上流，流了很久很久才流过来了。再流了很久很久才流过去了。在这过程中，有的流到半路就灭了。有的被冲到了岸边，在岸边生了野草的地方就被挂住了。还有每当河灯一流到了下流，就有些孩子拿着杆子去抓它，有些渔船也顺手取了一两只。到后来河灯越来越稀疏了。

再往下流去，就显出荒凉，孤寂的样子来了。因为越流越少了。

流到极远处去的，似乎那里的河水也发了黑。而且是流着流着的就少了一个。

河灯从上流过来的时候，虽然路上也有许多落伍的，也有许多淹灭了的，但始终没有觉得河灯是被鬼们托着走了的感觉。

可是当这河灯，从上流的远处流来，人们是满心欢喜的，等流过了自己，也还没有什么，唯独到了最后，那河灯流到了极远的下流去的时候，使看河灯的人们，内心里无由的来了空虚。

“那河灯，到底是要漂到那里去呢？”

多半的人们，看到了这样的景况，就抬起身来离开了河沿回家去了。

于是不但河里冷落，岸上也冷落了起来。

这时再往远处的下流看去，看着，看着，那灯就灭了一个。再看着看着，又灭了一个，还有两个一块灭的。于是就真像被鬼一个一个的托着走了。

打过了三更，河沿上一个人也没有了，河里边一个灯也没有了。

河水是寂静如常的，小风把河水皱着极细的波浪。月光在河水上边并不像在海水上边闪着一片一片的金光，而是月亮落到河底里去了。似乎那渔船上的人，伸手可以把月亮拿到船上来似的。

河的南岸，尽是柳条丛，河的北岸就是呼兰河城。

那看河灯回去的人们，也许都睡着了。不过月亮还是在河上照着。

三

野台子戏也是在河边上唱的。也是秋天，比方这一年秋收好，就要唱一台子戏，感谢天地。若是夏天大旱，人们戴起柳条圈来求雨，在街上几十人，跑了几天，唱着，打着鼓。求雨的人不准穿鞋，龙王爷可怜他们在太阳下边把脚烫得很痛，就因此下了雨了。一下了雨，到秋天就得唱戏的，因为求雨的时候许下了愿。许愿就得还愿，若是还愿的戏就更非唱不可了。

一唱就是三天。

在河岸的沙滩上搭起了台子来。这台子是用杆子绑起来的，上边搭上了席棚，下了一点小雨也不要紧，太阳则完全可以遮住的。

戏台搭好了之后，两边就搭看台。看台还有楼座。坐在那楼座上是很好的，又风凉，又可以远眺。不过，楼座是不大容易坐得到的，除非当地的官、绅，别人是不大坐得到的。既不卖票，那怕你就是有钱，也没有办法。

只搭戏台，就搭三五天。

台子的架一竖起来，城里的人就说：

“戏台竖起架子来了。”

一上了棚，人就说：

“戏台上棚了。”

戏台搭完了就搭看台，看台是顺着戏台的左边搭一排，右边搭一排，所以是两排平行而相对的。一搭要搭出十几丈远去。

眼看台子就要搭好了，这时候，接亲戚的接亲戚，唤朋友的唤朋友。

比方嫁了的女儿，回来住娘家，临走（回婆家）的时候，做母亲的送到大门外，摆着手还说：

“秋天唱戏的时候，接你回来看戏。”

坐着女儿的车子走远了，母亲含着眼泪还说：

“看戏的时候接你回来。”

所以一到了唱戏的时候，可并不是简单的看戏，而是接姑娘唤女婿，热闹得很。

东家的女儿长大了，西家的男孩子也该成亲了，说媒的这个时候，就走上门来。约定两家的父母在戏台底下，第一天或是第二天，彼此相看。也有只通知男家而不通知女家的，这叫做“偷看”，这样的看法，成与不成，没有关系，比较的自由，反正那家的姑娘也不知道。

所以看戏去的姑娘，个个都打扮得漂亮。都穿了新衣裳，擦了胭脂涂了粉，刘海剪得并排齐。头辫梳得一丝不乱，扎了红辫根，绿辫梢。也有扎了水红的，也有扎了蛋青的。走起路来像客人，吃起瓜子来，头不歪眼不斜的，温文尔雅，都变成了大家闺秀。有的着蛋青市布长衫，有的穿了藕荷色的，有的银灰的。有的还把衣服的边上压了条，有的蛋青色的衣裳压了黑条，有的水红洋纱的衣裳压了蓝条，脚上穿了蓝缎鞋，或是黑缎绣花鞋。

鞋上有的绣着蝴蝶，有的绣着蜻蜓，绣着莲花的，绣着牡丹的，各样的都有。

手里边拿着花手巾，耳朵上戴了长钳子，土名叫做“带穗钳子”。这带穗钳子有两种，一种是金的，翠的；一种是铜的，琉璃的。有钱一点的戴金的，少微差一点的带琉璃的。反正都很好看，在耳朵上摇来晃去。黄忽忽，绿森森的。再加上满脸矜持的微笑，真不知这都是谁家的闺秀。

那些已嫁的妇女，也是照样的打扮起来，在戏台下边，东邻西舍的姊妹们相遇了，好互相的品评。

谁的模样俊，谁的鬓角黑。谁的手镯是福泰银楼的新花样，谁的压头簪又小巧又玲珑。谁的一双绛紫缎鞋，真是绣得漂亮。

老太太虽然不穿什么带颜色的衣裳，但也个个整齐，人人利落，手拿长烟袋，头上撇着大扁方。慈祥，温静。

戏还没有开台，呼兰河城就热闹不得了了，接姑娘的，唤女婿的，有一个很好的童谣：

“拉大锯，扯大锯，老爷（外公）门口唱大戏。接姑娘，唤女婿，小外孙也要去。……”

于是乎不但小外孙，三姨二姑也都聚在了一起。

每家如此，杀鸡买酒，笑语迎门，彼此谈着家常，说着趣事，每夜必到三更，灯油不知浪费了多少。

某村某村，婆婆虐待媳妇。那家那家的公公喝了酒就耍酒疯。又是谁家的姑娘出嫁了刚过一年就生了一对双生。又是谁的儿子十三岁就定了一家十八岁的姑娘做妻子。

烛火灯光之下，一谈谈了个半夜，真是非常的温暖而亲切。

一家若有几个女儿，这几个女儿都出嫁了，亲姊妹，两三年不能相遇的也有。平常是一个住东，一个住西，不是隔水的就是离山，而且每人有一大群孩子，也各自有自己的家务，若想彼此过访，那是不可能的事情。

若是做母亲的同时把几个女儿都接来了，那她们的相遇，真仿佛已经隔了三十年了。相见之下，真是不知从何说起，羞羞惭惭，欲言又止，刚一开口又觉得不好意思，过了一刻工夫，耳脸都发起烧来，于是相对无语，心中又喜又悲。过了一袋烟的工夫，等那往上冲的血流落了下去，彼此都逃出了那种昏昏恍恍的境界，这才来找几句不相干的话来开头；或是：

“你多咱来的？”

或是：

“孩子们都带来了？”

关于别离了几年的事情，连一个字也不敢提。

从表面上看来，她们并不像是姊妹，丝毫没有亲热的表现。面面相对的，不知道她们两个人是什么关系，似乎连认识也不认识，似乎从前她们两个并没有见过，而今天是第一次的相见，所以异常的冷落。

但是这只是外表，她们的心里，就早已沟通着了。甚至于在十天或半月之前，她们的心里就早已开始很远的牵动起来，那就是当着她们彼此都接到了母亲的信的时候。

那信上写着迎接她们姊妹都回来看戏的。

从那时候起，她们就把要送给姐姐或妹妹的礼物规定好了。

一双黑大绒的云子卷，是亲手做的。或者就在她们的本城和本乡里，有一个出名的染缸房，那染缸房会染出来很好的麻花布来。于是送了两匹白布去，嘱咐他好好的加细的染着。一匹是白地染蓝花，一匹是蓝地染白花。蓝地的染的是刘海戏金蟾，白地的染的是蝴蝶闹莲花。

一匹送给大姐姐，一匹送给三妹妹。

现在这东西，就都带在箱子里边。等过了一天二日的，寻个夜深人静的时候，轻轻的从自己的箱底把这等东西取出来，摆在姐姐的面前，说：

“这麻花布被面，你带回去吧！”

只说了这么一句，看样子并不像是送礼物，并不像今人似的，送一点礼物很怕邻居左右看不见，是大嚷大吵着的，说这东西是从什么山上，或是什么海里得来的，那怕是小河沟子的出品，也必要连那小河沟子的身份也提高，说河沟子是怎样的不凡，是怎样的与众不同，可不同别的河沟子。

这等乡下人，糊里糊涂的，要表现的，无法表现，什么也说不出来，只是把东西递过去就算了事。

至于那受了东西的，也是不会说什么，连声道谢也不说，就收下了。也有的稍微推辞了一下，也就收下了。

“留着你自己用吧！”

当然那送礼物的是加以拒绝。一拒绝，也就收下了。

每个回娘家看戏的姑娘，都零零碎碎的带来一大批东西。送父母的，送兄嫂的，送侄女的，送三亲六故的。带了东西最多的，是凡见了长辈或晚辈都多少有点东西拿得出来，那就是谁的人情最周到。

这一类的事情，等野台子唱完，拆了台子的时候，家家户户才慢慢的传诵。

每个从娘家回婆家的姑娘，也都带着很丰富的东西，这些都是人家送给她的礼品。东西丰富得很，不但有用的，也有吃的，母亲亲手制的咸肉，姐姐亲手晒的干鱼，哥哥上山打猎，打了一只雁来腌上，至今还有一只雁大腿，这个也给看戏的姑娘带回去，带回去给公公去喝酒吧。

于是乌三八四的，离走的前一天晚上，真是忙了个不休，就要分散的姊妹们连说个话儿的工夫都没有了。大包小包的包了一大堆。

再说在这看戏的时间，除了看亲戚，会朋友，还成了许多好事，那就是谁家的女儿和谁家公子订婚了，说是明年二月，或是三月就要娶亲。订婚酒，已经吃过了，眼前就要过“小礼”的，所谓“小礼”就是在法律上的订婚形式，一经过了这番手续，东家的女儿，终归就要成了西家的媳妇了。

也有男女两家都是外乡赶来看戏的，男家的公子也并不在，女家的小姐也并不在。只是两家的双亲有媒人从中媾通着，就把亲事给定了。也有的喝酒作乐的随便的把自己的女儿许给了人家。也有的男女两家的公子，小姐都还没有生出来，就给定下亲了。这叫做“指腹为亲”。这指腹为亲的，多半都是相当有点资财的人家才有这样的事。

两家都很有钱，一家是本地的烧锅掌柜的，一家是白旗屯的大窝堡，两家是一家种高粱，是一家开烧炳。开烧炳的需要高粱，种高粱的需烧锅买他的高粱，烧锅非高粱不可，高粱非烧锅不行。恰巧又赶上这两家的妇人，都要将近生产，所以就“指腹为亲”了。

无管是谁家生了男孩子，谁家生了女孩子，只要是一男一女就规定他们是夫妇。假若两家都生了男孩，都就不能勉强规定了。两家都生了女孩也是不能够规定的。

但是这指腹为亲，好处不太多，坏处是很多的。半路上其中的一家穷了，不开烧锅了，或者没有窝堡了，其余的一家，就不愿意娶他家的姑娘，或是把女儿嫁给一家穷人。假若女家穷了，那还好办，若实在不娶，他也没有什么办法。若是男家穷了，男家就一定要娶，若一定不让娶，那姑娘的名誉就很坏，说她把谁家谁给“妨”穷了，又不嫁了。“妨”字在迷信上说就是因为她命硬，因为她某家某家穷了。她的婆家就不大容易找了，会给她起一个名叫做“望门妨”。无法，只得嫁过去，嫁过去之后，妯娌之间又要说她嫌贫爱富，百般的侮辱她。丈夫因此也不喜欢她了，公公婆婆也虐待她，她一个年青的未出过家门的女子，受不住这许多攻击，回到娘家去，娘家也无甚办法，就是那当年指腹为亲的母亲说：

“这都是你的命（命运），你好好的耐着吧！”

年青的女子，莫名其妙的，不知道自己为什么要有这样的命，于是往往演出悲剧来，跳井的跳井，上吊的上吊。

古语说：“女子上不了战场。”

其实不对的，这井多么深，平白的你问一个男子，问他这井敢跳不敢跳，怕他也不敢的。而一个年青的女子竟敢了，上战场不一定死，也许回来闹个一官半职的。可是跳井就很难不死，一跳就多半跳死了。

那么节妇坊上为什么没写着赞美女子跳井跳得勇敢的赞词？那是修节妇坊的人故意给删去的。因为修节妇坊的，多半是男人。他家里也有一个女人。他怕是写上了，将来他打他女人的时候，他的女人也去跳井。女人也跳下井，留下来一大群孩子可怎么办？于是一律不写。只写，温文尔雅，孝顺公婆……

大戏还没有开台，就来了这许多事情。等大戏一开了台，那戏台下边，真是人山人海，拥挤不堪。搭戏台的人，也真是会搭，正选了一块平平坦坦的大沙滩，又光滑，又干净，使人就是倒在上边，也不会把衣裳沾一丝儿的土星。这沙滩有半里路长。

人们笑语连天，那里是在看戏，闹得比锣鼓好像更响，那戏台上出来一个穿红的，进去一个穿绿的，只看见摇摇摆摆的走出走进，别的什么也不知道了，不用说唱得好不好，就连听也听不到。离着近的还看得见不挂胡子的戏子在张嘴，离得远的就连戏台那个穿红衣裳的究竟是一个坤角，还是一个男角也都不大看得清楚。简直是还不如看木偶戏。

但是若有一个唱木偶戏的这时候来在台下，唱起来，问他们看不看，那他们一定不看的，那怕就连戏台子的边也看不见了，那怕是站在二里路之外，他们也不看那木偶戏的。因为在大戏台底下，那怕就是睡了一觉回去，也总算是从大戏台子底下回来的，而不是从什么别的地方回来的。

一年没有什么别的好看，就这一场大戏还能够轻易的放过吗？所以无论看不看，戏台底下是不能不来。

所以一些乡下的人也都来了，赶着几套马的大车，赶着老牛车，赶着花轮子，赶着小车子，小车子上边驾着大骡子。总之家里有什么车就驾了什么车来。也有的似乎他们家里并不养马，也不养别的牲口，就只用了一匹小毛驴，拉着一个花轮子也就来了。

来了之后，这些车马，就一齐停在沙滩上，马匹在草包上吃着草，骡子到河里去喝水。车子上都搭席棚，好像小看台似的，排列在戏台的远处。那车子带来了他们的全家，从祖母到孙子媳，老少三辈，他们离着戏台二三十丈远，听是什么也听不见的，看也很难看到什么，也不过是五红大绿的，在戏台上跑着圈子，头上戴着奇怪的帽子，身上穿着奇怪的衣裳。谁知道那些人都是干什么的，有的看了三天野台子戏，而连一场的戏名字也都叫不出来。回到乡下去，他也跟着人家说长道短的，偶尔人家问了他说的是那出戏，他竟瞪了眼睛，说不出来了。

至于一些孩子们在戏台底下，就更什么也不知道了，只记住一个大胡子，一个花脸的，谁知道那些都是在做什么，比比画画，刀枪棍棒的乱闹一阵。

反正戏台底下有些卖凉粉的，有些卖糖球的，随便吃去好了。什么黏糕，油炸馒头，豆腐脑都有，这些东西吃了又不饱，吃了这样再去吃那样。卖西瓜的，卖香瓜的，戏台底下都有，招得苍蝇一大堆，嗡嗡的飞。

戏台上敲锣打鼓震天的响。

那唱戏的人，也似乎怕远处的人听不见，也在拼命的喊，喊破了喉咙也压不住台的。那在台下的早已忘记了是在看戏，都在那里说长道短，男男女女的谈起家常来。还有些个远亲，平常一年也看不到，今天在这里看到了，那能不打招呼。所以三姨二婶子的，就在人多的地方大叫起来，假若是在看台的凉棚里坐着，忽然有一个老太太站了起来，大叫着说：

“他二舅母，你可多咱来的？”

于是那一方也就应声而起。原来坐在看台的楼座上的，离着戏比较近，听唱是听得到的，所以那看台上比较安静。姑娘媳妇都吃着瓜子，喝着茶。对这大嚷大叫的人，别人虽然讨厌，但也不敢去禁止，你若让她小一点声讲话，她会骂了出来：

“这野台子戏，也不是你家的，你愿听戏，你请一台子到你家里去唱……”

另外的一个也说：

“哟哟，我没见过，看起戏来，都六亲不认了，说个话儿也不让……”

这还是比较好的，还有更不客气的，一开口就说：

“小养汉老婆……你奶奶，一辈子家里外头靡受过谁的大声小气，今天来到戏台底下受你的管教来啦，你娘的……”

被骂的人若是不搭言，过一回也就了事了，若一搭言，自然也没有好听的。于是两边就打了起来啦，西瓜皮之类就飞了过去。

这来在戏台下看戏的，不料自己竟演起戏来，于是人们一窝蜂似的，都聚在这个真打真骂的活戏的方面来了。也有一些流氓混子之类，故意的叫着好，惹得全场的人哄哄大笑。假若打仗的还是个年青的女子，那些讨厌的流氓们还会说着各样的俏皮话，使她火上加油越骂就越凶猛。

自然那老太太无理，她一开口就骂了人。但是一闹到后来，谁是谁非也就看不出来了。

幸而戏台上的戏子总算沉着，不为所动，还在那里阿拉阿拉的唱。过了一个时候，那打得热闹的也究竟平静了。

再说戏台下边也有一些个调情的，那都是南街豆腐房里的嫂嫂，或是碾磨房的碾倌磨倌的老婆。碾倌的老婆看上了一个赶马车的车夫。或是豆腐匠看上了开粮米铺那家的小姑娘。有的是两方面都眉来眼去，有的是一方面殷勤，他一方面则表示要拒之千里之外。这样的多半是一边低，一边高，两方面的资财不对。

绅士之流，也有调情的，彼此都坐在看台之上，东张张，西望望。三亲六故，姐夫小姨之间，未免的就要多看几眼，何况又都打扮得漂亮，非常好看。

绅士们平常到别人家的客厅去拜访的时候，绝不能够看上了人家的小姐就不住的看，那该多么不绅士，那该多么不讲道德。那小姐若一告诉了她的父母，她的父母立刻就和这样的朋友绝交。绝交了，倒不要紧，要紧的是一传出去名誉该多坏。绅士是高雅的，那能够不清不白的，那能够不分长幼的去存心朋友的女儿，像那般下等人似的。

绅士彼此一拜访的时候，都是先让到客厅里去，端端庄庄的坐在那里，而后倒茶装烟。规矩礼法，彼此都尊为是上等人。朋友的妻子儿女，也都出来拜见，尊为长者。在这种时候，只能问问大少爷的书读了多少，或是又写了多少字了。连朋友的太太也不可以过多的谈话，何况朋友的女儿呢？那就连头也不能够抬的，那里还敢细看。

现在在戏台上看看怕不要紧，假设有人问道，就说是东看西看，瞧一瞧是否有朋友在别的看台上。何况这地方又人多眼杂，也许没有人留意。

三看两看的，朋友的小姐到没有看上，可看上了一个不知道在什么地方见到过的一位妇人，那妇人拿着小小的鹅翎扇子，从扇子梢上往这边转着眼珠，虽说是一位妇人，可是又年轻，又漂亮。

这时候，这绅士就应该站起来打着口哨，好表示他是开心的。可是我们中国上一辈的老绅士不会这一套。他另外也有一套，就是他的眼睛似睁非睁的迷离恍惚的望了出去，表示他对她有无限的情意。可惜离得太远，怕不会看得清楚，也许枉费了心思了。

也有的在戏台下边，不听父母之命，不听媒妁之言，自己就结了终生不解之缘。这多半是表哥表妹等等，稍有点出身来历的公子小姐的行为。他们一言为定，终生合好。间或也有被父母所阻拦，生出来许多波折。但那波折都是非常美丽的，使人一讲起来，真是比看《红楼梦》更有趣味。来年再唱大戏的时候，姊妹们一讲起这佳话来，真是增添了不少的回想……

赶着车进城来看戏的乡下人，他们就在河边沙滩上，扎了营了。夜里大戏散了，人们都回家了，只有这等连车带马的，他们就在沙滩上过夜。好像出征的军人似的，露天为营。有的住了一夜，第二夜就回去了。有的住了三夜，一直到大戏唱完，才赶着车子回乡。不用说这沙滩上是很雄壮的，夜里，他们每家燃了火，煮茶的煮茶，谈天的谈天。但终归是人数太少，也不过二三十辆车子。所燃起来的火，也不会火光冲天，所以多少有一些凄凉之感。夜深了，住在河边上，被河水吸着又特别的凉，人家睡起觉来都觉得冷森森的。尤其是车夫马倌之类，他们不能够睡觉，怕是有土匪来抢劫他们马匹，所以就坐以待旦。

于是在纸灯笼下边，三个两个的赌钱。赌到天色发白了，该牵着马到河边去饮水去了。在河上，遇到了捉蟹的蟹船。蟹船上的老头说：

“昨天的《打渔杀家》[①]唱得不错。听说今天还有《汾河湾》[②]。”

那牵着牲口饮水的人，是一点大戏常识也没有的。他只听到牲口喝水的声音呵呵的，其他的则不知所答了。

---

① 《打渔杀家》：京剧传统剧目，取《水浒后传》中李俊事改编而成。——编者注

② 《汾河湾》：京剧传统剧目，又名《打雁进窑》。——编者注

四

四月十八娘娘庙大会，这也是为着神鬼，而不是为着人的。

这庙会的土名叫做“逛庙”，也是无分男女老幼都来逛的，但其中以女子最多。

女子们早晨起来，吃了早饭，就开始梳洗打扮。打扮好了，就约了东家姐姐，西家妹妹的去逛庙去了。竟有一起来就先梳洗打扮的，打扮好了，才吃饭，一吃了饭就走了。总之一到逛庙这天，各不后人，到不了半晌午，就车水马龙，拥挤得气息不通了。

挤丢了孩子的站在那儿喊，找不到妈的孩子在人群里边哭，三岁的，五岁的，还有两岁的刚刚会走，竟也被挤丢了。

所以每年庙会上必得有几个警察在收这些孩子。收了站在庙台上，等着他的家人来领。偏偏这些孩子都很胆小，张着嘴大哭，哭得实在可怜，满头满脸是汗。有的十二三岁了，也被丢了，问他家住在那里？他竟说不出所以然来，东指指，西划划，说是他家门口有一条小河沟，那河沟里边出虾米，就叫做“虾沟子”，也许他家那地名就叫“虾沟子”，听了使人莫名其妙。再问他这虾沟子离城多远，他便说：骑马要一顿饭的工夫可到，坐车要三顿饭的工夫可到。究竟离城多远，他没有说。问他姓什么，他说他祖父叫史二，他父亲叫史成……这样你就再也不敢问他了。要问他吃饭没有？他就说："睡觉了。"这是没有办法的，任他去吧。于是就都连大带小的一齐站在庙门口，他们哭的哭，叫的叫，好像小兽似的，警察在看守他们。

娘娘庙是在北大街上，老爷庙和娘娘庙离不了好远。那些烧香的人，虽然说是求子求孙，是先该向娘娘来烧香的，但是人们都以为阴间也是一样的重男轻女，所以不敢倒反天干。所以都是先到老爷庙去，打过钟，磕过头，好像跪到那里报个到似的，而后才上娘娘庙去。

老爷庙有大泥像十多尊，不知道那个是老爷，都是威风凛凛，气概盖世的样子。有的泥像的手指尖都被攀了去，举着没有手指的手在那里站着，有的眼睛被挖了，像是个瞎子似的。有的泥像的脚趾是被写了一大堆的字，那字不太高雅，不怎么合乎神的身份。似乎是说泥像也该娶个老婆，不然他看了和尚去找小尼姑，他是要忌妒的。这字现在没有了，传说是这样。

为了这个，县官下了手令，不到初一十五，一律的把庙门锁起来，不准闲人进去。

当地的县官是很讲仁义道德的。传说他第五个姨太太，就是从尼姑庵接来的。所以他始终相信，尼姑绝不会找和尚。自古就把尼姑列在和尚一起，其实是世人不查，人云亦云。好比县官的第五房姨太太，就是个尼姑。难道她也被和尚找过了吗？这是不可能的。

所以下令一律的把庙门关了。

娘娘庙里比较的清静，泥像也有一些个，以女子为多，多半都没有横眉竖眼，近乎普通人，使人走进了大殿不必害怕。不用说是娘娘了，那自然是很好的温顺的女性。就说女鬼吧，也都不怎样恶，至多也不过披头散发的就完了，也决没有像老爷庙里那般泥像似的，眼睛冒了火，或像老虎似的张着嘴。

不但孩子进了老爷庙有的吓得大哭，就连壮年的男人进去也要肃然起敬。好像说虽然他在壮年，那泥像若走过来和他打打，他也决打不过那泥像的。

所以在老爷庙上磕头的人，心里比较虔诚，因为那泥像，身子高，力气大。

到了娘娘庙，虽然也磕头，但就总觉得那娘娘没有什么出奇之处。

塑泥像的人是男人，他把女人塑得很温顺，似乎对女人很尊敬。他把男人塑得很凶猛，似乎男性很不好。其实不对的，世界上的男人，无论多凶猛，眼睛冒火的似乎还未曾见过。就说西洋人吧，虽然与中国人的眼睛不同，但也不过是蓝瓦瓦的有点类似猫头鹰的眼睛而已，居然间冒了火的还没有。眼睛会冒火的民族，目前的世界还未发现。那么塑泥像的人为什么把他塑成那个样子呢？那就是让你一见生畏，不但磕头，而且要心服。就是磕完了头站起再看看，也绝不会后悔，不会后悔这头是向一个平庸无奇的人白白磕了。至于塑像的人塑起女子来为什么要那么温顺，那就告诉人，温顺的就是老实的，老实的就是好欺侮的，告诉人快来欺侮她们吧。

人若老实了，不但异类要来欺侮，就是同类也不同情。

比方女子去拜过了娘娘庙，也不过向娘娘讨子讨孙。讨完了就出来了，其余的并没有什么尊敬的意思。觉得子孙娘娘也不过是个普通的女子而已，只是她的孩子多了一些。

所以男人打老婆的时候便说：

“娘娘还得怕老爷打呢？何况你一个长舌妇！”

可见男人打女人是天理应该，神鬼齐一。怪不得那娘娘庙里的娘娘特别温顺，原来是常常挨打的缘故。可见温顺也不是怎么优良的天性，而是被打的结果。甚或是招打的原由。

两个庙都拜过了的人，就出来了，拥挤在街上。街上卖什么玩具的都有，多半玩具都是适于几岁的小孩子玩的。泥做的泥公鸡，鸡尾巴上插着两根红鸡毛，一点也不像，可是使人看去，就比活的更好看。家里有小孩子的不能不买。何况拿在嘴上一吹又会呜呜的响。买了泥公鸡，又看见了小泥人，小泥人的背上也有一个洞，这洞里边插着一根芦苇，一吹就响，那声音好像是诉怨似的，不太好听，但是孩子们都喜欢，做母亲的也一定要买。其余的如卖哨子的，卖小笛子的，卖线蝴蝶的，卖不倒翁的，其中尤以不倒翁最著名，也最上讲究，家家都买，有钱的买大的，没有钱的，买个小的。大的有一尺多高，二尺来高。小的有小得像个鸭蛋似的。无论大小，都非常灵活，按倒了就起来，起得很快，是随手就起来的。买不倒翁要当场试验，间或有生手的工匠所做出来的不倒翁，因屁股太大了，他不愿意倒下，也有的倒下了他就不起来。所以买不倒翁的人就把手伸出去，一律把他们按倒，看那个先站起来就买那个，当那一倒一起的时候真是可笑，摊子旁边围了些孩子，专在那里笑。不倒翁长得很好看，又白又胖。并不是老翁的样子，也不过他的名字叫不倒翁就是了。其实他是一个胖孩子。做得讲究一点的，头顶上还贴了一簇毛，算是头发。有头发的比没有头发的要贵二百钱。有的孩子买的时候力争要戴头发的，做母亲的舍不得那二百钱，就说到家给他剪点狗毛贴。孩子非要戴毛的不可，选了一个戴毛的抱在怀里不放。没有法只得买了。这孩子抱着欢喜了一路，等到家一看，那簇毛不知什么时候已经飞了。于是孩子大哭。虽然母亲已经给剪了簇狗毛贴上了，但那孩子就总觉得这狗毛不是真的，不如原来的好看。也许那原来也贴的是狗毛，或许还不如现在的这个好看。但那孩子就总不开心，忧愁了一个下半天。

庙会到下半天就散了。虽然庙会是散了，可是庙门还开着，烧香的人，拜佛的人陆续的还有。有些没有儿子的妇女，仍旧在娘娘庙上捉弄着娘娘。给子孙娘娘的背后钉一个钮扣，给她的脚上绑一条带子，耳朵上挂一只耳环，给她戴一副眼镜，把她旁边的泥娃娃给偷着抱走了一个。据说这样做，来年

二

（1940年7月7日信　香港—重庆）

园兄：

七月一日信，六日收到。

《民族史》至今尚未印出，听说上海纸贵，出版商都在观望，等便宜时才买纸来印。可不知何时纸才便宜。

正如兄所说，香江亦非安居之地。近几天正打算走路，昆明不好走，广州湾不好走，大概要去沪转宁波回内地。不知沪上风云如何，正在考虑。离港时必专函奉告，勿念。

胡风有信给上海迅夫人，说我秘密飞港，行止诡秘。他倒很老实，当我离渝时，我并未通知他，我欲去港，既离渝之后，也未通知他，说我已来港，这倒也难怪他说我怎样怎样。我想他大概不是存心侮陷。但是这话说出来，对人家是否有好处呢？绝对的没有，而且有害的。中国人就是这样随便说话，不管这话轻重，说出来是否有害于人。假若因此害了人，他不负责任，他说他是随便说说呀！中国人这种随便，这种自由自在的随便，是损人而不利己的。我以为是不大好的。专此敬祝健康。

萧　七月七日

并附两信，烦一齐转文艺协会。

三

（1940年7月28日信　香港—重庆）

园兄：

七月廿日来信，前两天收到，所附之信皆为转去，甚感。香港似又可住一时了。您的关切，我们都一一考虑了。远在万里之外，故人仍为故人计，是铭心感切的。

《民族史》一事，我已函托上海某书店之一熟人代为考查去了，此书不但您想见到，我也想很快地看到。不久当有回信来，那时当再奉告。

关于胡之乱语，他自己不去撤消，似乎别人去谏一点意，他也要不以为然的，那就是他不是胡涂人，不是胡涂人说出来的话，还会不正确的吗？他自己一定是以为很正确。假若有人去解释，我怕连那去解释的人也要受到他心灵上的反感。那还是随他去吧！

想当年胡兄也受到过人家的侮陷，那时是还活着的周先生把那侮陷者给击退了。现在事情也不过三五年，他就出来用同样的手法对待他的同伙了。呜呼哀哉！

世界是可怕的，但是以前还没有自身经历过，也不过从周先生的文章上看过，现在却不了，是实实在在来到自己的身上了。当我晓得了这事时，我坐立不安地度过了两个钟头，那心情是很痛苦的。过后一想，才觉得可笑，未免太小孩子气了。开初而是因为我不能相信，纳闷，奇怪，想不明白。这样说似乎是后来想明白了的样子，可也并没有想明白，因为我也不想这些了。若是越想越不可解，岂不想出毛病来了吗？您想要替我解释，我是衷心地感激，但话不要了。

今天我是发了一大套牢骚，好像不是在写信，而是像对面坐着在讲话的样子。不讲这套了。再说这八月份的工作计划。在这一个月中，我打算写完一长篇小说，内容是写我的一个同学，因为追求革命，而把恋爱牺牲了。那对方的男子，本也是革命者，就因为彼此都对革命起着过高的热情的浪潮，而彼此又都把握不了那革命，所以那悲剧在一开头就已经注定的了。但是一看起来他们在精神上是无时不在幸福之中。但是那种幸福就像薄纱一样，轻轻地就被风吹走了。结果是一个东，一个西，不通音信，男婚女嫁在那默默的一年一月的时间中，有的时候，某一方面听到了传闻那哀感是仍会升起来的，不过不怎具体罢了。就像听到了海上的难船的呼救似的，辽远，空阔，似有似无。同时那种惊惧的感情，我要把他写出来。假若人的心上可以放一块砖头的话，那么这块砖头再过十年去翻动它，那滋味就绝不相同于去翻动一块放在墙角的砖头。

写到这里，我想起那次您在饺子馆讲的那故事来了。您说

奇怪不奇怪？专此敬祝

安好。

萧　七月廿八日

附上所写稿《马伯乐》长篇小说的最前的一章，请读一读，看看马伯乐这人是否可笑！因有副稿，读后，请转《中苏文化》交曹靖华先生。

又及

四

（1940年8月28日信　香港—重庆）

（此信内共附二张文章，三张信，除了姚先生的信请转去外，其余的都没有用了。）

华兄：

《民族史》出版了，为你道贺。

你十三日的信早已收到，只等上海你的书寄来，好再作复信，不知为何，等了又等，至今未到。我已写信去再问去了，并请那人直接寄你一本。因近来香港不收寄到重庆去的包裹和书籍，就是我前些日子所寄的《马伯乐》的一稿你也不能收到，因为那稿我竟贴了邮票就丢进信箱里去的。

现在又得那书出版的广告，一并寄上，因为背面有鲁迅纪念生辰的文章，所以不剪下来，一并寄上看看，在乡间大概甚为寂寞的。

你十三日的信，我看了，而且理解了，是实在的，真是那种情形，可不知道那一天会好。新贵，我看还没怎样的贵，也许真贵了就好了。前些日子的那些牢骚，看了你的信也就更消尽了，勿念。正在写文章，写得比较快，等你下一封信来，怕是就写完了。不在一地，不能够拿到桌子共看，真是扫兴。你这一年来身体好否？为何来信不提？现在又写什么了？专此匆匆不尽

祝好

萧上　八月廿八日

信未发又来了上海的信，顺便也寄上看一看吧。那年能看到书真是天晓得！寄我的那本，我至今也未收到，已经二十天了。等我再去信问吧。

五

（1941年1月29日信　香港—重庆）

园兄：

好久没给您信了。前次端兄有一信给您，内中并托您转一信，不知可收到没有？

我那稿子，是没有用的了，看过就请撕毁好了，因为不久即有书出版的。

《民族史》，第二部正在读。想重庆未必有也。

香港旧年很热闹，想去年此时，刚来不久，现已一年了，不知何时可回重庆，在外久居，未免的就要思念家园。香港天气正好，出外野游的人渐渐地多了。不知重庆大雾还依旧否？专此

祝好

萧　一月廿九日

请转信，至感。

六

（1941年2月14日信　香港—重庆）

园兄：

最近之来信收到。因近来搬家，所以迟复了。寄书事，必要寄的，就是不寄，也要托人带去，日内定要照办，因自己的文章，若不能先睹，则不舒服也。

香江并不似重庆那么大的雾，所以气候很好，又加住此渐久，一切熟习，若兄亦能来此，旅行，畅谈，甚有趣也。

端兄所编之刊物，余从旁观之，四月一日定要出版，兄如有稿可寄下，因虽为文艺刊物，但有理论那一部门。而且你的文章又写得太好了。就是专设一部门为着刊你的文章也是应该的。第二部我在读，写得实在好。中国无有第二人也。专此祝好。

（三月二十号发稿，有稿在二十号前寄下最好）

萧上　二月十四日

给流亡异地的东北同胞书

沦亡在异地的东北同胞们：

当每个中秋的月亮快圆的时候，我们的心总被悲哀装满。想起高粱油绿的叶子，想起白发的母亲或幼年的亲眷。

他们的希望曾随着秋天的满月，在幻想中赊欠了十次。每次都是月亮如期地圆了，而你们的希望却随着高粱的叶子而萎落。但是，自从“八一三”之后，上海的炮火响了，中国政府的积极抗战揭开，成了习惯的愁惨的日子，却在炮火的交响里，换成了鼓动、兴奋和感激。这时，你们一定也流泪了，这是鼓舞的泪，兴奋的泪，感激的泪。

记得抗战以后，第一个可欢笑的“九一八”是怎样纪念的呢？

中国飞行员在这天做了突击的工作。他们对于出云舰的袭击作了出色的成绩。

那夜里，江面上的日本神经质的高射炮手，浪费地惊恐地射着炮弹，用红色的、绿色的、淡蓝色的炮弹把天空染红了。但是我们的飞行员，仍然以精确的技术和沉毅的态度（他们有好多是东北的飞行员）来攻击这摧毁文化、摧毁和平的法西斯魔手。几百万的市民都仰起头来寻觅——其实他们什么也看不见的，但他们一定要看，在黑黝黝的天空里，他们看见了我们民族的自信和人类应有的光辉。

第一个煽起东北同胞的思想是：

“我们就要回老家了！”

家乡多么好呀，土地是宽阔的，粮食是充足的，有顶黄的金子，有顶亮的煤，鸽子在门楼上飞，鸡在柳树下啼着，马群越着原野而来，黄豆像潮水似的在铁道上翻涌。

人类对家乡是何等的怀恋呀，黑人对着“迪斯”痛苦地向往；爱尔兰诗人夏芝一定要回到那“蜂房一窠，菜畦九畴”的“茵尼斯”去不可；水手约翰·曼殊斐尔（英国桂冠诗人）狂热地要回到海上去。

但是等待了十年的东北同胞，十年如一日，我们的心火越着越亮，而且路子显得越来越清楚。我们知道我们的路，我们知道我们的作战位置——我们的位置，就是站在别人的前边的那个位置。我们应该是第一个打开门而是最末走进去的人。

抗战到现在已经遭遇到最艰苦的阶段，而且也是最后胜利接近的阶段。在杰克·伦敦所写的一篇短篇小说上，描写两个拳师在冲击的斗争里，只系于最后的一拳。而那个可怜的老拳师，所以失败了的原因，也只在少吃了一块“牛扒”。假如事先他能吃得饱一点，胜利一定是他。中国的胜利已经到了这个最后阶段，而东北人民在这里是决定的一环。

东北流亡的同胞们，我们的地大物博，决定了我们的沉着毅勇，正如敌人的家当使他们急功切进一样。在最后的斗争里，谁打得最沉着，谁就会得胜。

我们应该献身给祖国做前卫工作，就如我们应该把失地收复一样，这是我们的命运。

东北流亡同胞们，为了失去的土地上的大豆、高粱，努力吧！为了失去的土地上的年老的母亲，努力吧！为了失去的土地上的痛心的一切的记忆，努力吧！

谨此即颂

健康

“九一八”致弟弟书

可弟：小战士，你也做了战士了，这是我想不到的。

世事恍恍惚惚地就过了；记得这十年中只有那么一个短促的时间是与你相处的，那时间短到如何程度，现在想起就像连你的面孔还没有来得及记住，而你就去了。

记得当我们都是小孩子的时候，当我离开家的时候，那一天的早晨你还在大门外和一群孩子们玩着，那时你才是十三四岁的孩子，你什么也不懂，你看着我离开家向南大道上奔去，向着那白银似的满铺着雪的无边的大地奔去。你连招呼都不招呼，你恋着玩，对于我的出走，你连看我也不看。

而事隔六七年，你也就长大了，有时写信给我，因为我的漂流不定，信有时收到，有时收不到。但在收到信中我读了之后，竟看不见你，不是因为那信不是你写的，而是在那信里边你所说的话，都不像是你说的。这个不怪你，都只怪我的记忆力顽强，我就总记着，那顽皮的孩子是你，会写了这样的信的，会说了这样的话的，那能够是你。比方说——生活在这边，前途是没有希望，等等……

这是什么人给我的信，我看了非常的生疏，又非常的新鲜，但心里边都不表示什么同情，因为我总有一个印象，你晓得什么，你小孩子，所以我回你的信的时候，总是愿意说一些空话，问一问家里的樱桃树这几年结樱桃多少？红玫瑰依旧开花否？或者是看门的大白狗怎样了？关于你的回信，说祖父的坟头上长了一棵小树。在这样的话里，我才体味到这信是弟弟写给我的。

但是没有读过你的几封这样的信，我又走了。越走越离得你远了，从前是离着你千百里远，那以后就是几千里了。

而后你追到我最先住的那地方，去找我，看门的人说，我已不在了。

而后婉转地你又来了信，说为着我在那地方，才转学也到那地方来念书。可是你扑空了。我已经从海上走了。

可弟，我们都是自幼没有见过海的孩子，可是要沿着海往南下去了，海是生疏的，我们怕，但是也就上了海船，飘飘荡荡的，前边没有什么一定的目的，也就往前走了。

那时到海上来的，还没有你们，而我是最初的。我想起来一个笑话，我们小的时候，祖父常讲给我们听，我们本是山东人，我们的曾祖，担着担子逃荒到关东的。而我们又将是那个未来的曾祖了，我们的后代也许会在那里说着，从前他们也有一个曾祖，坐着渔船，逃荒到南方的。

我来到南方，你就不再有信来。一年多又不知道你那方面的情形了。

不知多久，忽然又有信来，是来自东京的，说你是在那边念书了。恰巧那年我也要到东京去看看。立刻我写了一封信给你，你说暑假要回家的，我写信问你，是不是想看看我，我大概七月下旬可到。

我想这一次可以看到你了。这是多么出奇的一个奇遇。因为想也想不到，会在这样一个地方相遇的。

我一到东京就写信给你，你住的是神田町，多少多少番。本来你那地方是很近的，我可以请朋友带了我去找你。但是因为我们已经不是一个国度的人了，姐姐是另一国的人，弟弟又是另一国的人。直接地找你，怕与你有什么不便。信写去了，约的是第三天的下午六点在某某饭馆等我。

那天，我特别穿了一件红衣裳，使你很容易地可以看见我。我五点钟就等在那里，因为我在猜想，你如果来，你一定要早来的。我想你看到了我，你多么喜欢。而我也想到了，假如到了六点钟不来，那大概就是已经不在了。

一直到了六点钟，没有人来，我又多等了一刻钟，我又多等了半点钟，我想或者你有事情会来晚了的。到最后的几分钟，竟想到，大概你来过了，或者已经不认识我，因为始终看不见你。第二天，我想还是到你住的地方看一趟，你那小房是很小的。有一个老婆婆，穿着灰色大袖子衣裳，她说你已经在月初走了，离开了东京了，但你那房子里还下着竹帘子呢。帘子里头静悄悄的，好像你在里边睡午觉的。

半年之后，我还没有回上海，不知怎么的，你又来了信，这信是来自上海的，说你已经到了上海，是到上海找我的。

我想这可糟了，又来了一个小吉卜西。

这流浪的生活，怕你过不惯，也怕你受不住。

但你说："你可以过得惯，为什么我过不惯。"

于是你就在上海住下了。

等我一回到上海，你每天到我的住处来，有时我不在家，你就在楼廊等着，你就睡在楼廊的椅子上，我看见了你的黑黑的人影，我的心里充满了慌乱。我想这些流浪的年轻人，都将流浪到那里去，常常在街上碰到你们的一伙，你们都是年轻的，都是北方的粗直的青年。内心充满了力量，你们是被逼着来到这人地生疏的地方，你们都怀着万分的勇敢，只有向前，没有回头。但是你们都充满了饥饿，所以每天到处找工作。你们是可怕的一群，在街上落叶似的被秋风卷着，寒冷来的时候，只有弯着腰，抱着膀，打着寒颤。肚里饿着的时候，我猜得到，你们彼此地乱跑，到处看看，谁有可吃的东西。

在这种情形之下，从家跑来的人，还是一天一天地增加，这自然都说是以往，而并非是现在。现在我们已经抗战四年了。在世界上还有谁不知我们中国的英勇，自然而今你们都是战士了。

不过在那时候，因此我就有许多不安。我想将来你到什么地方去，并且做什么？

那时你不知我心里的忧郁，你总是早上来笑着，晚上来笑着。似乎不知道为什么你已经得到了无限的安慰了。似乎是你所存在的地方，已经绝对的安然了，进到我屋子来，看到可吃的就吃，看到书就翻，累了，躺在床上就休息。

你那种傻里傻气的样子，我看了，有的时候，觉得讨厌，有的时候也觉得喜欢，虽是欢喜了，但还是心口不一地说：“快起来吧。看这么懒。”

不多时就七七事变，很快你就决定了，到西北去，做抗日军去。

你走的那天晚上，满天都是星，就像幼年我们在黄瓜架下捉着虫子的那样的夜，那样黑黑的夜，那样飞着萤虫的夜。

你走了，你的眼睛不大看我，我也没有同你讲什么话。我送你到了台阶上，到了院里，你就走了。那时我心里不知道想什么，不知道愿意让你走，还是不愿意。只觉得恍恍惚惚的，把过去的许多年的生活都翻了一个新，事事都显得特别真切，又都显得特别的模糊，真所谓有如梦寐了。

可弟，你从小就苍白，不健康，而今虽然长得很高了，仍旧是苍白不健康，看你的读书、行路，一切都是勉强支持。精神是好的，体力是坏的，我很怕你走到别的地方去，支持不住，可是我又不能劝你回家，因为你的心里充满了诱惑，你的眼里充满了禁果。

恰巧在抗战不久，我也到山西去，有人告诉我你在洪洞的前线，离着我很近，我转给你一封信，我想没有两天就可看到你了。那时我心里可开心极了，因为我看到不少和你那样年轻的孩子们，他们快乐而活泼，他们跑着跑着，当工作的时候嘴里唱着歌。这一群快乐的小战士，胜利一定属于你们的，你们也拿枪，你们也担水，中国有你们，中国是不会亡的。因为我的心里充满了微笑。虽然我给你的信，你没有收到，我也没能看见你，但我不知为什么竟很放心，就像见到了你的一样。因为你也是他们之中的一个，于是我就把你忘了。

但是从那以后，你的音信一点也没有的。而至今已经四年了，你到底没有信来。

我本来不常想你，不过现在想起你来了，你为什么不来信。

于是我想，这都是我的不好，我在前边引诱了你。

今天又快到“九一八”了，写了以上这些，以遣胸中的忧闷。

愿你在远方快乐和健康。

就都会生儿子的。

娘娘庙的门口，卖带子的特别多，妇人们都争着去买，她们相信买了带子，就会把儿子给带来了。

若是未出嫁的女儿，也误买了这东西，那就将成为大家的笑柄了。

庙会一过，家家户户就都有一个不倒翁，离城远至十八里路的，也都买了一个回去。回到家里，摆在迎门的向口，使别人一开就看见了，他家的确有一个不倒翁不差，这证明逛庙会的时节他家并没有落伍，的确是去逛过了。

歌谣上说：

“小大姐，去逛庙，扭扭搭搭走的俏，回来买个搬不倒。”

五

这些盛举，都是为鬼而做的，并非为人而做的。至于人去看戏，逛庙，也不过是揩油借光的意思。

跳大神有鬼，唱大戏是唱给龙王爷看的。七月十五放河灯，是把灯放给鬼，让他顶着个灯去脱生。四月十八也是烧香磕头的祭鬼。

只是跳秧歌，是为活人而不是为鬼预备的。跳秧歌是在正月十五，正是农闲的时候，趁着新年而化起装来，男人装女人，装得滑稽可笑。

狮子，龙灯，旱船……等等，似乎也跟祭鬼似的，花样复杂，一时说不清楚。

第六辑

书　简

我等着你的信来。

致萧军（四通）

一

（1936年10月24日发　日本东京—上海）

军：

关于周先生[1]的死，二十一日的报上，我就渺渺茫茫知道一点，但我不相信自己是对的，我跑去问了那惟一的熟人，她说："你是不懂日本文的，你看错了。"我很希望我是看错，所以很安心的回来了，虽然去的时候是流着眼泪。

昨夜，我是不能不哭了。我看到一张中国报上清清楚楚登着他的照片，而且是那么痛苦的一刻。可惜我的哭声不能和你们的哭声混在一道。

现在他已经是离开我们五天了，不知现在他睡到那里去了？虽然在三个月前向他告别的时候，他是坐在藤椅上，而且说："每到码头，就有验病的上来，不要怕，中国人就专会吓呼（唬）中国人，茶房就会说：验病的来啦！来啦！……"

---

① 指鲁迅。——编者注

我等着你的信来。

可怕的是许女士[①]的悲痛，想个法子，好好安慰着她，最好是使她不要静下来，多多的和她来往。过了这一个最难忍的痛苦的初期，以后总是比开头容易平伏下来。还有那孩子，我真不能够想像了。我想一步踏了回来，这想像的时间，在一个完全孤独了的人是多么可怕！

最后你替我去送一个花圈或是什么。

告诉许女士：看在孩子的面上，不要太多哭。

红　十月廿四日

二

（1936年10月29日发　日本东京—上海11月3日到）

均：

挂号信收到。四十一元二角五的汇票，明天去领。二十号给你一信，二十四又一信，大概也都收到了吧？

你的房子虽然费一点，但也不要紧，过过冬再说吧，外国人家的房子，大半不坏，冬天装起火炉来，暖烘烘的住上三两月再说，房钱虽贵，我主张你是不必再搬的，一个人，还不比两个人，若冷清清的过着冬夜，那赶上上冰山一样了。也许你

① 即许广平，鲁迅爱人。——编者注

不然，我就不行，我总是这么没出息，虽然是三个月不见了，但没出息还是没出息。不过回去我是不回去的。奇来了时，你和明他们在一道也很热闹了。

钱到手就要没有的，要去买件外套，这几天就很冷了。余下的钱，我想在十一月一个整月就要不够。一百元不知能弄到不能？请你下一封信回我。总要有路费留在手里才放心。

这几天，火上得不小，嘴唇又全烧破了。其实一个人的死是必然的，但知道那道理是道理，情感上就总不行。我们刚来到上海的时候，另外不认识更多的一个人了。在冷清清的亭子间里读着他的信，只有他，安慰着两个漂泊的灵魂！……写到这里鼻子就酸了。

均：童话未能开始，我也不做那计画了，太难，我的民间生活不够用的。现在开始一个两万字的，大约下月五号完毕。之后，就要来一个十万字的了，在十二月以内可以使你读到原稿。

日语懂了一些了。

日本乐器，“筝”在我的邻居家里响着。不敢说是思乡，也不敢说是思什么，但就总想哭。

什么也不再写下去了。

河清，我向你问好。

吟　十月廿九日

三

（1936年12月15日发　日本东京—上海）

三郎：

我没有迟疑过，我一直是没有回去的意思，那不过偶尔说着玩的。至于有一次真想回去，那是外来的原因，而不（是）我自己的自动。

大概你又忘了，夜里又吃东西了吧？夜里在外国酒店喝酒，同时也要吃点下酒的东西的，是不是？不要吃，夜里吃东西在你很不合适。

你的被子比我的还薄，不用说是不合用的了，连我的夜里也是凉凉的。你自己用三块钱去买一张棉花，把你的被子带到淑奇家去，请她替你把棉花加进去。如若手头有钱，就到外国店铺买一张被子，免得烦劳人。

我告诉你的话，你一样也不做，虽然小事，你就总使我不安心。

身体是不很佳，自己也说不出有什么毛病，沈女士近来一见到就说我的面孔是膨胀的，并且苍白。我也相信，也不大相信，因为一向是这个样子，就不希奇了。

前天又重头痛一次，这虽然不能怎样很重的打击了我（因为痛惯了的原故），但当时那种切实的痛苦无论如何也是真切的感到。算来头痛已经四五年了，这四五年中头痛药，不知吃了多少。当痛楚一来到时，也想赶快把它医好吧，但一停止了痛楚，又总是不必了。因为头痛不至于死，现在是有钱了，连这样小病也不得了起来，不是连吃饭的钱也刚刚不成问题吗？所以还是不回去。

人们都说我身（体）不好，其实我的身（体）是很好的，若换一个人，给他四五年间不断的头痛，我想不知道他的身体还好不好？所以我相信我自己是健康的。

周先生的画片，我是连看也不愿意看的，看了就难过。海婴想爸爸不想？

这地方，对于我是一点留恋也没有，若回去就不用想再来了，所以莫如一起多住些日子。

现在很多的话，都可以懂了，即是找找房子，与房东办办交涉也差不多行了。大概这因为东亚学校钟点太多，先生在课堂上多半也是说日本话的。现在想起初来日本的时候，华走了以后的时候，那真是困难到极点了。几乎是熬不住。

珂，既然家有信来，还是要好好替他打算一下，把利害说给他，取决当然在于他自己了，我离得这样远，关于他的情形，我总不能十分知道，上次你的信是问我的意见，当时我也不知为什么他来到了上海。他已经有信来，大半是为了找我们，固然他有他的痛苦，可是找到了我们，能知道他接着就不又有新的痛苦吗？虽然他给我的信上说着“我并不忧于流浪”，而且又说，他将来要找一点事做，以维持生活，我是知道的，上海找事，哪里找去。我是总怕他的生活成问题，又年轻，精神方面又敏感，若一下子挣扎不好，就要失掉了永久的力量。我看既然与家庭没有断掉关系，可以到北平去读书，若不愿意重来这里的话。

这里短时间住则可，把日语学学，长了是熬不住的，若留学，这里我也不赞成，日本比我们中国还病态，还干苦（枯），这里没有健康的灵魂，不是生活。中国人的灵魂在全世（界）中说起来，就是病态的灵魂，到了日本，日本比我们更病态，既是中国人，就更不应该来到日本留学，他们人民的生活，一点自由也没有，一天到晚，连一点声音也听不到，所有的住宅都像空着，而且没有住人的样子。一天到晚歌声是没有的，哭笑声也都没有。夜里从窗子往外看去，家屋就都黑了，灯光也都被关在板窗里面。日本人民的生活，真是可怜，只有工作，工作得和鬼一样，所以他们的生活完全是阴森的。中国人有一种民族的病态，我们想改正它还来不及，再到这个地方和日本人学习，这是一种病态上再加上病态。我说的不是日本没有可学的，所差的只是他的不健康处也正是我们的不健康处，为着健康起见，好处也只得丢开了。

再说另一件事，明年春天，你可以自己再到自己所愿的地方去消（逍）遥一趟。我就只消（逍）遥在这里了。

礼拜六夜（即十二日）我是住在沈女士住所的，早晨天还未明，就读到了报纸，这样的大变动使我们惊慌了一天，上海究竟怎么样，只有等着你的来信。

新年好。

荣子　十二月十五日

“日本东京趣町区”只要如此写，不必加标点。

四

（1937年5月4日发　北京—上海）

军：

昨天又寄了一信，我总觉我的信都寄得那么慢，不然为什么已经这些天了还没能知道一点你的消息？其实是我个人性急而不推想一下邮便所必须费去的日子。

连这封信，是第四封了。我想那时候我真是为别离所慌乱了，不然为什么写错了一个号数？就连昨天寄的这信，也写的是那个错的号数，不知可能不丢么？

我虽写信并不写什么痛苦的字眼，说话也尽是欢乐的话语，但我的心就像被浸在毒汁里那么黑暗，浸得久了，或者我的心会被淹死的，我知道这是不对，我时时在批判着自己，但这是情感，我批判不了，我知道炎暑是并不长久的，过了炎暑大概就可以来了秋凉。但明明是知道，明明又做不到。正在口渴的那一刹，觉得口渴那个真理，就是世界上顶高的真理。

既然那样我看你还是搬个家的好。

关于珂，我主张既然能够去江西，还是去江西的好，我们的生活也没有一定，他也跟着跑来跑去，还不如让他去安定一个时期，或者上冬，我们有一定了，再让他来，年轻人吃点苦好，总比有苦留着后来吃强。

昨天我又去找周家一次，这次是宣武门外的那个桥，达智桥，二十五号也找到了，巧得很，也是个粮米店，并没有任何住户。

这几天我又恢复了夜里骇怕的毛病，并且在梦中常常生起死的那个观念。

痛苦的人生啊！服毒的人生啊！

我常常怀疑自己或者我怕是忍耐不住了吧？我的神经或者比丝线还细了吧？

我是多么替自己避免着这种想头，但还有比正在经验着的还更真切的吗？我现在就正在经验着。

我哭，我也是不能哭。不允许我哭，失掉了哭的自由了，我不知为什么把自己弄得这样，连精神都给自己上了枷锁了。

这回的心情还不比去日本的心情，什么能救了我呀！上帝！什么能救了我呀！我一定要用那只曾经把我建设起来的那只手把自己来打碎吗？

祝好！

荣子　五月四日

所有我们的书

若有精装请各寄一本来。

致白朗

（1940年春信　香港—重庆）

……不知为什么，莉，我的心情永久是如此抑郁，这里的一切是多么恬静和幽美，有田，有漫山漫野的鲜花和婉转的鸟语，更有澎湃泛白的海潮，面对着碧澄的海水，常会使人神醉的，这一切不都正是我以往所梦想的佳境吗？然而呵，如今我却只感到寂寞！在这里我没有交往，因为没有推心置腹的朋友。因此，常常使我想到你。莉，我将可能在冬天回去。

致华岗（六通）

一

（1940年6月24日信　香港—重庆）

西园先生：

你多久没有来信了，你到别的地去了吗？或者你身体不大好！甚念。

我来到香港还是第一次写信给你，在这几个月中，你都写了些什么了？你一向住到乡下就没有回来？到底是隔得太远了，不然我会到大田湾去看你一次的。

我们虽然住在香港，香港是比重庆舒服得多，房子吃的都不坏，但是天天想回重庆，住在外边，尤其是我，好像是离不开自己的国土的。香港的朋友不多，生活又贵。所好的是文章到底写出来了，只为了写文章还打算再住一个期间。端木和我各写了一长篇，都交生活出版去了。端木现在写论鲁迅。今年八月三日为鲁迅先生六十生辰，他在做文纪念。我也打算做一文章的，题目尚未定，不知关于这纪念日你要做文章否？若有，请寄《文艺阵地》，上海方面要扩大纪念，很欢迎大家多把放在心里的理论和感情发挥出来。我想这也是对的，我们中国人，是真正的纯粹的东方情感，不大好的，“有话放在心里，何必说呢”“有痛苦，不要哭”“有快乐不要笑”。比方两个朋友五六年不见了，本来一见之下，很难过，又很高兴，是应该立刻就站起来，互相热烈地握手。但是我们中国人是不然的，故意压制着，装做若无其事的样子，装做莫测高深的样子，好像他这朋友不但不表现五年不见，看来根本就像没有离开过一样。你说我说得对不对？我可真是借机发挥了议论了。

我来到了香港，身体不大好，不知为什么，写几天文章，就要病几天。大概是自己体内的精神不对，或者是外边的气候不对。端木甚好。下次再谈吧！希望你来信。

沈山婴大概在地上跑着玩了吧？沈先生沈夫人一并都好。

萧红　六月廿四日

（重庆这样轰炸，也许沈家搬了家了。这信我寄交通部。）